Ce livre appartient à

. . . . . . . . . . . . . . . . . . . . . . . . .

. . . . . . . . . . . . . . . . . . . . . . . . .

. . . . . . . . . . . . . . . . . . . . . . . . .

## RETROUVEZ Le Club des Cinq DANS LA BIBLIOTHÈQUE ROSE

*Le Club des Cinq*
*La boussole du Club des Cinq*
*Le Club des Cinq en péril*
*Le Club des Cinq et le coffre aux merveilles*
*Le Club des Cinq et les gitans*
*Le Club des Cinq et les papillons*
*Le Club des Cinq et les saltimbanques*
*Le Club des Cinq et le trésor de l'île*
*Le Club des Cinq joue et gagne*
*Le Club des Cinq se distingue*
*Le Club des Cinq va camper*
*Enlèvement au Club des Cinq*
*Les Cinq et le trésor de Roquépine*
*La locomotive du Club des Cinq*
*Les Cinq à la télévision*
*Les Cinq dans la cité secrète*
*Les Cinq se mettent en quatre*
*Les Cinq et le secret du vieux puits*
*Le Club des Cinq en vacances*
*Les Cinq sont les plus forts*
*Les Cinq en Amazonie*

Le Club des Cinq

# Les Cinq en Amazonie

Une nouvelle aventure
des personnages créés par Enid Blyton
racontée par Claude Voilier
illustrée par Anne Bozellec

HACHETTE

Hachette Livre, 43, quai de Grenelle, 75015 Paris.

# Connais-tu les Cinq ?

*Si Claude Dorsel, ses trois cousins Gauthier et le chien Dagobert — qui constituent le Club des Cinq — sont pour toi de vieilles connaissances, tourne la page et plonge-toi tout de suite dans le récit de leurs nouvelles aventures !*

*Sinon... permets-moi de te présenter nos héros !*

*Claude est une fringante brune de onze ans. Aux cheveux courts, hardie jusqu'à la témérité, aux manières garçonnières mais au cœur d'or... Mick, du même âge qu'elle, vif et dynamique, lui ressemble un peu... François, blond, athlétique et très raisonnable pour ses treize ans, modère souvent les élans de ses cadets... Annie, douce, aimable et blonde aussi, est la benjamine avec ses « presque dix ans ».*

*Dagobert enfin — dit Dag ou Dago — est le chien de Claude. Il ne la quitte jamais. Qu'il s'agisse de débrouiller une énigme policière ou de foncer, tête baissée, dans l'aventure, il est de toutes les entreprises, aussi fureteur et décidé que les quatre cousins.*

*Maintenant que tu connais les Cinq, allons vite les rejoindre !*

*Chapitre 1*

# Le mot magique

La villa des Dorsel, à Kernach, bourdonnait comme une ruche. Au volant de sa voiture, arrêtée devant la grille, M. Dorsel donna un bref coup de klaxon.

« Dépêchez-vous, mes enfants ! dit tante Cécile à ses neveux. Votre oncle s'impatiente. Et l'avion ne nous attendra pas ! Où est Claude ?

— Ici, maman. Dago est prêt lui aussi pour le voyage. »

Tandis que Claude, François, Mick, Annie et Dagobert s'entassaient dans la grande « familiale », Mme Dorsel fit ses dernières recommandations à Maria, la fidèle domestique :

« Je vous confie la maison, Maria. Deux mois seront vite passés. Allons, à bientôt !

— À bientôt, madame. Et bon séjour ! »

Pleine à craquer, la voiture démarra et prit le chemin de l'aéroport. Claude et ses cousins échangèrent des regards triomphants. Leur grand voyage pour l'Amazonie commençait.

Devant l'avion qui les emportait vers l'Amérique du Sud, les jeunes passagers laissèrent éclater leur joie.

« Quelle chance que cette société aéronautique brésilienne, la VICTA, ait fait appel aux lumières de papa ! s'écria Claude avec enthousiasme.

— Quelle chance surtout, renchérit François, qu'oncle Henri soit un savant de renommée mondiale et capable de démêler les problèmes techniques les plus délicats !

— De quoi s'agit-il, au juste ? demanda Annie. Je n'ai pas bien compris pourquoi oncle Henri devait se rendre au Brésil. »

Mick, taquin, tira sur une des boucles blondes de sa sœur.

« Écoute, lui dit-il. Il serait dommage que tu meures idiote. Laisse-moi t'expliquer... »

En quelques mots, Mick exposa la situation, aussi simplement que possible, afin de se mettre à la portée de sa jeune sœur : M. Dorsel était chargé de superviser un nouveau modèle d'avion, d'une conception révolutionnaire, au fonctionnement ultra-secret.

« Tu comprends, ma vieille ? »

La « vieille » — qui n'avait pas tout à fait dix ans — répondit :

« Je comprends surtout que c'est bien agréable qu'oncle Henri nous emmène avec lui. Quelles merveilleuses vacances nous allons passer tous ensemble ! »

François, très féru de tout ce qui touchait à l'aéronautique, s'intéressait passionnément au modèle d'avion auquel son oncle devait apporter une ultime mise au point avant son lancement.

« Vous vous rendez compte ! dit-il à Claude et à Mick attentifs. Un appareil petit, maniable, très rapide et pouvant se poser aussi bien sur un plan d'eau de faible surface que dans un coin de forêt débroussaillé à la hâte ! Une sorte d'hélicoptère à grande vitesse, en somme !

— Plus exactement, un hélico-hydravion-tout-terrain, rectifia Claude. Bref, le rêve pour survoler l'immense forêt d'Amazonie et surveiller la fameuse route transamazonienne qui relie l'Est du pays à l'Ouest. »

Ce n'était pas le première fois que les quatre cousins voyageaient par air. Ils y prenaient toujours grand plaisir, sauf peut-être Claude que la pensée de son bien-aimé Dago, enfermé dans la soute, assombrissait un peu.

Aussi la petite Dorsel profita-t-elle de l'escale guyanaise pour demander des nouvelles de son chien. L'hôtesse lui apprit qu'il supportait bien la traversée et elle se sentit rassurée.

Puis l'avion décolla de nouveau et, peu de temps après, se posa à Manaus, grosse ville du nord du Brésil et capitale de l'immense et verte Amazonie.

Après avoir récupéré leurs bagages et Dago, les voyageurs, un peu bousculés par le tohu-bohu de l'arrivée, se virent abordés par un homme brun et souriant — M. Pereira — qui se présenta lui-même. Il parlait portugais, comme tous les Brésiliens, mais pouvait aussi s'exprimer couramment en français.

« Je viens à votre rencontre au nom de la société aéronautique VICTA, dont je suis l'un des ingénieurs, expliqua-t-il à M. Dorsel. Avec votre famille, vous logerez chez moi, en bordure du Rio Negro. J'habite à deux pas des ateliers et des hangars de la VICTA. Vous serez donc à pied d'œuvre.... et installés de façon plus confortable qu'à l'hôtel.

— Mais nous sommes nombreux ! se récria Mme Dorsel. Nous allons vous envahir ! »

M. Pereira eut un large sourire :

« Ma femme sera très heureuse de vous recevoir tous, et notre villa est immense. Vous verrez ! »

L'aimable Brésilien fit placer les bagages dans un minibus de la compagnie et invita ses hôtes à monter dans sa puissante et spacieuse voiture personnelle. Puis l'on se mit en route...

Ce fut seulement le lendemain que Claude, François, Mick et Annie, remis de leur fatigue, firent le point sur leur environnement. L'accueil des Pereira avait été chaleureux. La villa, luxueuse et située à plusieurs kilomètres au nord de Manaus, semblait, avec son parc, un paradis terrestre. Après le petit déjeuner, les enfants, libres de leur temps, partirent avec Dago à la découverte de la magnifique propriété.

Ils avaient toute la matinée pour admirer les arbres inconnus, les fleurs aux couleurs éclatantes et les oiseaux au plumage étincelant. La vue du Rio Negro qui coulait au bout de la propriété les émerveilla.

« C'est drôle ! constata Claude. Ce fleuve est tout à la fois sombre et limpide.

— On dirait une coulée géante de Coca-Cola, fit remarquer Annie.

— Je me demande pourquoi ses eaux sont noires à ce point ! dit Mick. Il porte bien son nom.

— Pourquoi ses eaux sont noires ? répéta une voix derrière les enfants. Je vais vous le dire, moi ! »

Les quatre cousins se retournèrent. Un métis d'âge moyen, mi-Brésilien, mi-Indien semblait-il, se tenait devant eux. En dépit de ses cheveux gris, il paraissait doté d'une force herculéenne. Ses bons yeux souriaient.

Il parlait français, mais avec un fort accent portugais.

« Je m'appelle Bimbo, expliqua-t-il. J'ai longtemps été employé chez un planteur français de la Guyane. Voilà pourquoi je connais votre langue. Aujourd'hui, je suis au service de M. Pereira. C'est lui qui m'a dit de vous rejoindre et d'être votre guide. Je suppose que ce pays, inconnu de vous, vous intéresse ?

— Oh, oui, monsieur ! s'écrièrent à la fois Claude et Mick.

— Appelez-moi Bimbo, tout simplement. »

Et, se tournant vers Mick : « Vous vouliez savoir pourquoi les eaux du Rio Negro étaient noires ? Eh bien, c'est parce qu'elles contiennent une espèce d'algue minuscule très sombre, qui lui communique cette teinte. L'Amazone, lui, est d'un jaune limoneux, fort sale. Rien à voir avec notre joli Rio Negro ! »

Bimbo semblait très fier du fleuve, comme s'il lui appartenait. Annie sourit gentiment au métis, et proposa :

« Si vous nous faisiez visiter le parc en détail ?

— Bien sûr ! Et cet après-midi, si vous voulez, nous irons voir la réserve d'animaux sauvages, à deux pas d'ici. »

Ce jour-là fut un véritable enchantement pour les Cinq.

Tandis que M. Dorsel se penchait sur les mystères du nouvel avion, baptisé le Tapajos, d'après le nom d'un affluent de l'Amazone, les quatre cousins, sous la direction de Bimbo, allèrent de découverte en découverte.

« Pour une fois, déclara François, nous passerons des vacances sans aventure ni intrigue policière à débrouiller. Ce sera reposant. »

Claude le regarda d'un air goguenard :

« N'en sois pas si sûr, mon vieux. Tu sais bien que l'aventure fleurit sous nos pas sans que nous le cherchions !

— Je me passe fort bien des frissons qu'elle procure, avoua Annie. Ceux que me donne la vue de ces animaux me suffisent ! »

Il faut dire que la réserve que leur faisait visiter Bimbo était impressionnante. Il n'y avait en cage que deux pumas dédaigneux et un énorme anaconda. Les autres pensionnaires de ce zoo, qui n'était qu'une enclave de la forêt, circulaient en toute liberté.

« Regardez ce singe ! s'écria Mick. Comme il est drôle !

— C'est un lagotriche, expliqua Bimbo. On l'appelle aussi "singe laineux". Offrez-lui une banane ! »

D'un geste timide, Annie tendit le fruit au singe qui, debout au milieu de l'allée, l'accepta d'un air grave, l'éplucha et en mangea la moitié avant de disparaître dans un arbre avec le reste.

Des *koatis,* espiègles, s'approchèrent à leur tour pour réclamer des friandises. L'un d'eux éventra d'un coup de griffes effronté un sac de biscuits avant que Claude ait eu le temps de l'ouvrir. Des aras rouge et bleu mendiaient des cacahuètes. Un vol de geais azurés passa au-dessus de la tête des enfants. Un héron rose vint les regarder avec curiosité.

« C'est moi qui me fais l'effet d'être un animal de zoo ! » dit François en riant.

Sur le chemin du retour, Bimbo annonça :

« Demain, avec la permission de vos parents, M. Pereira a prévu pour vous une mini-croisière sur l'Amazone. Nous partirons dès l'aube pour ne rentrer que le soir. »

Les Cinq battirent des mains. Dago aboya. La magie de ce seul mot, *Amazone,* enchantait d'avance les enfants.

*Chapitre 2*

# Étranges avions

Ce soir-là, le dîner réunit les Dorsel et les Pereira autour d'une table fastueuse. Au dessert, tout en se régalant de fruits exotiques, Claude et ses cousins écoutèrent M. Dorsel et l'ingénieur parler du fameux avion *Tapajos*.

« C'est un bijou, une merveille ! s'écriait le père de Claude avec enthousiasme. Quelle révolution dans la technique du vol !

— Oui, admit Pereira. Aussi veillons-nous à ce qu'aucun espion, étranger ou autre, n'approche de nos hangars.

— Le *Tapajos* est unique au monde, n'est-ce pas ? demanda François.

— Presque, mon jeune ami, répondit l'ingénieur. Disons qu'il est unique mais qu'il possède un frère aîné, un peu moins perfectionné que lui, l'*Até Logo,* sur lequel nous avons fait nos premiers essais. Lui aussi se trouve dans nos hangars. Et, lui aussi, bien sûr, est inaccessible et bien gardé. »

Mick eut une moue déçue.

« Alors, nous ne pourrons visiter aucun de ces fameux appareils ? soupira-t-il.

— Hélas ! non, en principe, dit M. Pereira en souriant. Mais, si cela vous intéresse vraiment, je peux vous accorder, par faveur spéciale, de jeter un coup d'œil à l'*Até Logo,* qui se traduit en français par l'"*Au Revoir*". Encore faut-il qu'auparavant j'obtienne le feu vert de la direction. Vous serez fixés demain, à votre retour de croisière. »

Cette nuit-là, Claude rêva de la croisière, les deux garçons du super-avion et Annie du gentil singe lagotriche.

L'aube se leva, radieuse. Il fallait profiter de la fraîcheur. Après avoir déjeuné de très bonne heure, les Cinq, sous la conduite de Bimbo, descendirent au petit embarcadère des Pereira. Là, un joli yacht tout blanc les attendait. On s'embarqua gaiement. Un « capitaine » et deux matelots indiens formaient l'équipage. En un clin d'œil, on fila sur le Rio Negro, en direction de l'Amazone.

En passant devant Manaus, les enfants, charmés, s'égayèrent de mille spectacles attrayants ou pittoresques : vieilles maisons sur pilotis, cabanes de pêcheurs au ras de l'eau, marchands de café établis dans des sortes de maisons de poupée... à rames, et circulant parmi les bateaux pour proposer leur marchandise. Au-delà des quais, grouillant d'une foule bigarrée, on apercevait le sommet de quelques monuments : le célèbre opéra de Manaus, le Palais de Justice et aussi quelques tours neuves.

Et puis on déboucha sur l'Amazone. La vue du fleuve géant emplit les enfants d'une sorte de crainte confuse. On sentait là une force de la nature, pleine de mystères et de dangers. Le confluent de l'Amazone et du Rio Negro, à l'endroit où les eaux noires et jaunes se mélangeaient, formait un tourbillon impressionnant.

« Que ce fleuve est donc bourbeux ! » jeta Mick brusquement.

Bimbo sourit.

« Ça permet aux crocodiles de se cacher dans la vase du fond, expliqua-t-il.

— Des crocodiles ?

— Je pense bien ! Et des gros ! Mais il y a peu de chances que vous en voyiez aujourd'hui, surtout en plein jour. Du reste, le bruit du moteur les effraie. »

Annie n'était pas rassurée. Elle demanda :

« Y a-t-il d'autres animaux féroces dans la région ?

— Rappelez-vous ceux que vous avez vus à la réserve. Mais vous ne risquez rien à bord, vous savez. »

Claude, qui ne détestait pas le danger, s'enquit à son tour :

« Est-ce que nous ne pénétrerons pas un peu à l'intérieur de la forêt amazonienne ?

— Si ! Nous allons commencer par remonter le Solimoes...

— Le Solimoes ?

— C'est le nom que porte l'Amazone en amont de son confluent avec le Rio Negro. Ensuite, après un arrêt pour pique-niquer à bord, nous débarquerons chez des Indiens qui nous feront faire une promenade en pirogues. »

Cette perspective fut accueillie par des cris de joie. Le repas — un énorme poisson pêché par l'équipage dans l'Amazone et servi avec du riz — fut apprécié par tous. Puis le petit yacht s'engagea dans un bras du fleuve.

Bientôt, on accosta sur une rive sauvage, près de deux ou trois huttes d'Indiens. Ceux-ci, à demi nus, invitèrent gravement les enfants, Bimbo et Dago à prendre place dans des pirogues. Les enfants souriaient. N'allaient-ils pas découvrir des merveilles ?

La promenade les enthousiasma. La voûte formée par des arbres gigantesques s'incurvait très haut au-dessus de leurs têtes. Les pirogues, étroites et silencieuses, glissaient entre les troncs énormes, sur des eaux plutôt calmes. Des singes se disputaient dans les feuillages. Des orchidées s'enlaçaient à de longues lianes. Un lézard, installé sur une souche, guettait le passage d'insectes.

Annie s'extasia sur les fameux *Victoria regia* ces nénuphars énormes dont la feuille

flottante peut supporter le poids d'un enfant. Après cette promenade — trop rapide au gré des enfants —, on prit le chemin du retour. Claude, François et Mick exprimèrent leur regret de n'avoir vu ni anaconda ni crocodile.

« Ça vaut peut-être mieux, dit Bimbo en riant. Et puis, demain, vous verrez bien autre chose, j'espère : l'un des nouveaux avions !

— Vous vous y connaissez en aviation, Bimbo ? demanda Mick.

— Oh, non ! Je sais que... ça vole, mais j'ai du mal à croire tout ce qu'on raconte sur ces nouveaux modèles. Cela semble tellement merveilleux !

— Eh bien, proposa Claude, demain, vous n'aurez qu'à venir avec nous admirer l'*Até Logo*... si nous en avons la permission, bien sûr !

— Nous serons fixés ce soir ! » rappela François.

Ils le furent en effet. Dès leur retour de croisière, Mme Dorsel leur apprit la bonne nouvelle.

« Tout est arrangé, leur dit-elle. Demain,

un ingénieur et pilote de la compagnie vous fera lui-même les honneurs de l'*Até Logo.* »

Et elle ajouta en riant :

« On ne peut guère voir en vous de dangereux espions. Pour cette même raison, Bimbo est autorisé à vous accompagner, et Dag également.

— Ouah ! fit Dag, comme s'il appréciait l'honneur qu'on lui faisait.

— Seulement, ajouta Mme Dorsel, interdiction absolue de prendre la moindre photo.

— Cela va de soi ! » estima François.

Le lendemain matin, les Cinq et Bimbo partirent avec MM. Dorsel et Pereira dans l'un des minibus de la compagnie. Très vite, le véhicule arriva en vue des hangars qui abritaient le *Tapajos* et l'*Até Logo.* Des surveillants armés en défendaient l'abord. Pereira fit descendre la petite troupe et présenta les enfants à un homme jeune, grand et mince, aux yeux pétillants d'intelligence, qui semblait les attendre.

« Voici Claude Dorsel et ses cousins Gauthier, dit l'ingénieur en serrant la main du jeune homme. Et voici, mes enfants, mon ami et collègue Juan Veluz qui, gentiment, s'offre à vous faire visiter l'*Até Logo.* »

Claude, François, Mick et Annie serrèrent à leur tour la main du pilote-ingénieur qui leur souriait. Dag s'avança lui aussi et tendit une patte que Veluz serra d'un air amusé. Bimbo, tout réjoui, suivit le petit groupe qui, déjà, pénétrait dans le hangar.

Aux yeux intéressés de Claude et de ses cousins apparut alors un appareil bizarre. Leurs exclamations de surprise firent sourire Juan Veluz.

« Comme vous le savez peut-être déjà, cet avion est le frère jumeau du fameux *Tapajos,* en moins perfectionné et en moins rapide cependant. Tel quel, c'est une véritable petite merveille ! » expliqua-t-il en français.

Les deux garçons, qui avaient déjà fait le tour de l'appareil, poussèrent un gros soupir. Juan Veluz se mit à rire :

« Vous aimeriez monter à bord, je parie ?

— Oh, oui, monsieur ! s'écria Mick avec élan.

— Eh bien, j'ai une bonne surprise en réserve pour vous ! En accord avec la direction, je peux non seulement vous montrer l'intérieur de l'appareil, mais aussi vous offrir un petit tour d'horizon. »

Claude ouvrit de grands yeux :

« Vous voulez dire que... nous allons voler avec vous ?

— Oui. De toute manière, je devais sortir l'*Até Logo* ce matin, pour un contrôle technique. Il n'est pas gênant du tout que vous soyez à bord.

— Mon chien peut venir aussi ? demanda Claude.

— Je ne voudrais pas le séparer de son jeune maître ! »

Claude aimait être prise pour un garçon. Cela lui arrivait assez souvent, d'ailleurs. Avec son pantalon et sa coupe de cheveux, elle semblait être non la cousine, mais le cousin de Mick. Avant qu'elle ait pu rectifier l'erreur du jeune pilote, Bimbo s'écria :

« Et moi ? Je peux aussi vous accompagner ?

— Pourquoi pas ? dit Juan Veluz en souriant. Ces jeunes gens ne sont-ils pas sous votre surveillance directe ? »

Les Cinq trouvaient d'instant en instant Juan Veluz plus sympathique. Et quand il les eut installés dans l'étrange et puissant petit avion, les enfants ne se tinrent plus de joie. Le pauvre Bimbo, en revanche, paraissait peu rassuré. Jusqu'alors, il n'avait vu d'avions que dans le ciel et redoutait d'être catapulté à son tour là-haut.

Un instant plus tard, l'*Até Logo* décollait en souplesse et bondissait dans l'espace.

Juan Veluz, heureux et fier de piloter l'extraordinaire appareil, se faisait un plaisir de fournir des explications à Claude, assise à côté de lui, et aux garçons, juste derrière :

« Regardez ! Je peux arrêter l'*Até Logo* en vol, comme un hélicoptère. Ou encore... hop !... le lancer en avant à toute vitesse.

— Et l'atterrissage ? demanda Claude.

— Il peut se faire dans un espace très restreint, jeune homme, comme votre père a dû vous le dire.

— Je ne suis pas un garçon, rectifia Claude en souriant. Mais je m'intéresse à l'aviation autant que mes cousins.

— Pas un garçon ! s'exclama le pilote. Excusez-moi ! J'avais bien cru...

— Claude est un garçon... manqué ! » précisa Mick en riant.

Juan se remit à expliquer, dans leurs grandes lignes, les singularités du prototype sur lequel ils volaient et dont le *Tapajos* était un modèle perfectionné. L'acoustique était tellement bonne qu'Annie et Bimbo auraient pu écouter eux aussi. Mais ils s'intéressaient davantage au paysage qui défilait au-dessous d'eux.

« Des arbres, des arbres et encore des arbres ! songeait Annie. Quel extraordinaire fouillis vert ! Il ne ferait pas bon se perdre là-dedans ! »

Soudain, Bimbo demanda au pilote :

« Où va-t-on comme ça, monsieur ?

— Nous filons droit vers l'ouest, en amont de l'Amazone. Notre vitesse est supérieure à celle que vous supposez... »

Il énonça des chiffres que, cette fois, personne n'écouta. Tous étaient bien trop occupés à contempler l'énorme serpent Amazone, sinuant dans la forêt qui s'étendait de toute part à perte de vue.

« Savez-vous, dit Juan aux enfants, qu'on appelle cet océan de verdure "l'enfer vert" ?

— De fait, dit Mick avec malice, il

semble y avoir là assez de bois... vert pour alimenter le feu de l'enfer ! »

Claude, soulevant Dag dans ses bras, lui montrait la forêt.

« "L'enfer vert" ! répéta-t-elle. Brr... plutôt sinistre, non ? »

Juan Veluz ne répondit pas. Les sourcils soudain froncés, il tentait d'actionner une manette qui, semblait-il, ne répondait pas à ses sollicitations.

« Un ennui ? demanda François.

— Ce serait le premier que j'aurais avec cet appareil », grommela le pilote sans cesser de manipuler la commande.

Soudain, Claude le vit pâlir et devina que l'*Até Logo* était en difficulté.

« Est-ce grave ? » s'enquit-elle dans un souffle.

Tous les passagers, à présent, se rendaient compte que l'appareil avait ralenti son allure et perdait régulièrement de la hauteur.

*Chapitre 3*

# « L'enfer vert »

« Je n'y comprends rien, murmura Juan Veluz. Je ne peux plus gouverner. Impossible de faire demi-tour... Quant à atterrir... Je ne vois que le fleuve... Heureusement que cet avion est capable de se poser sur l'eau... »

Il se parlait à lui-même. Soudain, comprenant qu'il fallait avant tout rassurer ses compagnons, il déclara :

« Ne vous affolez pas ! Un incident technique m'oblige à modifier ma route, mais...

— Bah ! coupa paisiblement François. Nous vous faisons confiance. »

Claude et Mick restaient calmes eux aussi.

Annie et Bimbo tâchaient de faire bonne figure et se taisaient. Admirant le comportement des enfants et ne songeant désormais qu'à se concentrer sur la manœuvre, le pilote chercha la meilleure façon d'aborder le fleuve.

Sous les yeux des passagers, courageux mais très inquiets, la manœuvre se révéla impossible. L'*Até Logo* semblait être devenu soudain ingouvernable. Non seulement Juan Veluz ne put se poser sur l'Amazone, mais l'appareil piqua droit vers l'intérieur de la forêt, sans qu'il fût possible de modifier sa course aveugle. Les mâchoires du pilote se crispèrent.

« Attention ! annonça-t-il. Je vais réduire la vitesse au minimum. Et ensuite... »

Tous avaient compris. Ensuite, ce serait l'atterrissage en catastrophe en pleine forêt... en plein « enfer vert » !

Annie, que toute sa vaillance n'empêchait pas d'avoir peur, essuya des larmes silencieuses. Bimbo restait muet. Claude et les garçons serraient les dents. Dag, que son instinct avertissait d'un danger imminent, se pressa un peu plus contre sa jeune maîtresse.

L'*Até Logo,* cessant de filer à l'horizontale, ralentit encore avant de s'immobiliser en l'air. Les cimes des arbres n'étaient plus qu'à quelques mètres au-dessous de l'avion.

« Je tente le tout pour le tout ! annonça Juan Veluz. Attention ! »

Il s'efforça alors de manœuvrer l'appareil de telle sorte qu'il se posât entre deux arbres. Mais l'*Até Logo* répondit mal. Son ventre racla une haute cime, bascula à demi, se redressa. Les enfants et Bimbo ne purent s'empêcher de crier. Dag aboya.

Encore une demi-seconde de flottement, puis, avec d'effroyables craquements, l'avion s'abattit sur le tremplin des branches énormes qui l'agrippèrent, le retinrent un bref instant comme suspendu, puis se le renvoyèrent de l'une à l'autre, pour le laisser enfin dégringoler avec fracas sur l'humus épais du sous-bois.

La catastrophe était consommée.

Ce coin de forêt, qu'emplissait un instant plus tôt le bruit des singes tapageurs, est à présent étrangement silencieux. Les hôtes de la forêt se sont tus et contemplent, du haut des frondaisons, un spectacle inhabituel.

L'*Até Logo,* réduit à l'état d'épave, gît sur la mousse spongieuse, au pied des arbres gigantesques. Cette mousse providentielle a amorti le choc. Soudain, un faible « Ouah ! » s'élève de l'avion accidenté. Une langue rêche, en lui râpant la joue, tire Claude de son anéantissement.

« Oh ! balbutie-t-elle. C'est toi, Dag ? Comment se fait-il... ? »

Elle s'interrompt pour regarder autour d'elle, et reprend conscience des événements. Par chance, elle n'est pas blessée, et Dag non plus. Mais ses compagnons ? À son grand soulagement, voici que Mick, puis Annie, Juan, François et Bimbo remuent à leur tour et se redressent tant bien que mal.

Ô miracle ! Tous sont à peu près indemnes.

La première parole de Veluz est pour s'inquiéter de ses passagers :

« Vous n'avez rien, les enfants ? »

On fait l'inventaire des dégâts : Mick a

une bosse au front, les autres des égratignures et d'insignifiantes contusions.

« C'est presque trop beau pour y croire », murmure Juan en aidant ses compagnons à s'extraire de la carlingue en piteux état.

Malgré cette heureuse chance, le pilote arbore une mine lugubre. Il voit bien que son appareil est irrécupérable, sa radio en miettes ! Il sait aussi que le petit groupe des naufragés se trouve en plein « enfer vert », sans ressources, sans possibilité de communiquer avec le monde extérieur... et à des centaines et des centaines de kilomètres de tout centre civilisé. La conjoncture est effroyable.

Moins conscients de la gravité de la situation, les enfants et Bimbo ne songent qu'à se féliciter de s'en être tirés à si bon compte.

« Nous l'avons échappé belle ! dit Claude.

— Pour de la veine, c'est de la veine ! » ajoute Mick.

Annie commence à sécher ses larmes et Bimbo à respirer librement. Dag essaie déjà d'attraper un lézard. Mais François a vu les rides d'inquiétude du pilote et questionne :

« Qu'allons-nous faire, à présent ? »

Juan Veluz ouvre la bouche pour répondre. Hélas ! Il n'en a pas le temps... Avant que le petit groupe ait pu esquisser le moindre mouvement de fuite ou de défense, des clameurs, à glacer le sang dans les veines des plus braves, retentissent de toute part, tandis que les Indiens jaillissent du couvert.

Brandissant de longs javelots, ils se précipitent vers les naufragés paralysés par la surprise autant que par la peur.

Juan Veluz est devenu très pâle. Il a tout de suite compris à qui il avait affaire.

« Les Kinkos ! murmure-t-il. Une des dernières tribus sauvages d'Amazonie. » (Et en lui-même il songe :) « Impossible de leur résister ! Il faut essayer de fuir. Mais ce sera un miracle si nous y parvenons. »

Ses réflexions n'ont duré que l'espace d'un éclair. D'une voix forte, il ordonne à ses compagnons :

« Vite ! Suivez-moi ! »

Il tourne les talons et, d'instinct, s'élance vers le nord, là où coule l'Amazone. Claude et ses cousins l'imitent. Mais Bimbo, en voulant les suivre, trébuche sur une souche et s'étale. Les Indiens l'entourent déjà.

« Trop tard », murmure Juan Veluz.

En un clin d'œil, les Kinkos ont rattrapé les enfants. Des doigts de fer agrippent les quatre cousins. Claude se débat en vain comme un beau diable. On la tient fermement. Alors, elle renonce et regarde autour d'elle. Tout heureux de leur capture, les Indiens rassemblent leurs prisonniers et les poussent en avant, comme pour leur intimer l'ordre de marcher.

Deux Kinkos font office d'éclaireurs et fraient un passage au reste de la troupe. Bimbo et les enfants sont bien obligés de suivre le mouvement. Plus personne ne les tient. On ne les a même pas attachés. Mais ils savent bien que toute fuite leur serait impossible. Du reste, où iraient-ils... surtout sans Juan Veluz pour les guider ?

Car Juan Veluz a disparu. Ne craignant pas d'être compris des Indiens, François tente de remonter le moral de ses compagnons.

« Notre pilote a réussi à s'enfuir ! déclare-t-il. Les Kinkos n'ont pas dû l'apercevoir. Autrement, sans doute l'auraient-ils pourchassé et rattrapé. C'est une chance ! »

Mais Bimbo, pessimiste, hoche la tête.

« Où voulez-vous qu'il soit allé ? soupire-t-il. Perdu dans cette forêt immense, il y sera dévoré par quelque bête féroce, voilà tout !

— Ce n'est pas prouvé ! proteste Mick. S'il réussit à rejoindre l'Amazone, il trouvera peut-être un village d'Indiens civilisés qui le recueilleront. Il regagnera Manaus et nous enverra des secours. »

Annie pleure sans bruit. Elle a glissé sa main dans celle de son grand frère qui la presse doucement pour la réconforter.

« N'aie pas peur ! dit François en souriant. Nous nous en tirerons, tu verras. Ce n'est pas la première fois que les Cinq se trouvent en difficulté ! »

Claude, la plus bavarde d'ordinaire, parle

alors pour la première fois depuis l'attaque des Kinkos.

« Pas les Cinq ! corrige-t-elle d'une voix lugubre. Les Cinq ne sont plus que quatre... Dag a disparu ! »

François, Mick, Annie et même Bimbo regardent autour d'eux, cherchant le chien des yeux. Claude a dit vrai : son fidèle compagnon ne fait pas partie du groupe des captifs.

« Il a filé ! soupire encore la petite Claude. Je suppose qu'il a suivi Juan Veluz. Tant mieux, au fond ! »

Claude s'essaie à paraître désinvolte, mais le ton sonne faux. Ses cousins devinent son chagrin caché : elle a le cœur gros de voir que son bien-aimé Dago l'a abandonnée.

Cependant, la petite colonne continue à cheminer. Les Indiens ne cessent de discuter, d'un air joyeux.

On les sent ravis de ramener des prisonniers. Ceux-ci se demandent quel sort leur est réservé. François et Claude, dans l'espoir d'une future évasion possible, essaient, chemin faisant, de prendre des points de repère. Mais c'est impossible :

tous les arbres de cette diabolique forêt se ressemblent.

Les Kinkos et les naufragés de « l'enfer vert » marchaient depuis environ une heure, et les enfants commençaient à ressentir la fatigue, quand une agréable diversion se produisit. Sur la droite de la petite colonne, un bruit de feuilles froissées alerta soudain un des Indiens. Il brandit son javelot, déjà prêt à transpercer la bête qui se trahissait ainsi, lorsqu'un bref aboiement frappa les oreilles de Claude. Au même instant, Dagobert surgit du fouillis végétal et courut à elle. Claude poussa un cri de joie et ses bras se refermèrent sur son fidèle chien, tandis que François, d'un geste à la fois hardi et impérieux, retenait le bras du Kinko.

Chose curieuse, loin de se rebeller, l'Indien laissa immédiatement retomber son arme et eut même un large sourire. Il dit quelque chose à ses compagnons qui hochèrent la tête à l'unisson. Claude, elle, ne s'était même pas aperçue de l'incident. Elle ne voyait que Dago, l'embrassait, le cajolait, et ne cessait de répéter :

« Où donc étais-tu passé ? Je savais bien que tu n'étais pas parti pour de bon !

— Hé, Claude ! dit soudain Mick, vois donc ce que Dag porte accroché au cou ! »

Claude remarqua alors un chiffon blanc attaché au collier de cuir. Intriguée, elle le dénoua et le déplia.

« Un message de Juan Veluz ! s'exclama-t-elle avec émotion. Il a griffonné quelques mots sur son mouchoir. C'est difficile à lire... »

Elle parvint cependant à déchiffrer ce bref avertissement du pilote :

« *Je sais où je vais. Courage et espoir. Veluz.* »

Annie releva la tête.

« Vous pensez qu'il viendra nous délivrer ? demanda-t-elle.

— Bien sûr ! affirma François. Il sait où il va, dit-il. C'est donc qu'il connaît la région et a un programme en tête. Nous n'avons plus qu'à attendre patiemment.

— Si on nous le permet ! » grommela Mick entre ses dents.

La route se poursuivit néanmoins avec plus d'entrain. Claude, pour sa part, était redevenue elle-même depuis que Dag l'avait rejointe. Aussi montra-t-elle plus de curiosité que d'appréhension lorsqu'on arriva enfin en vue d'un village kinko.

*Chapitre 4*

# Le village kinko

Il s'agissait d'une agglomération composée de huttes, plus ou moins importantes, en bordure d'un cours d'eau. Sans brutalité, les Indiens poussèrent les prisonniers en direction du centre du village où il se dressait une case particulièrement vaste et décorée de peaux de jaguar.

Tandis que le petit groupe avançait, des femmes et des enfants, surgissant d'un peu partout, accouraient pour voir passer les Blancs. Comme la colonne atteignait la grande case, un Indien de haute taille, dont l'attitude majestueuse révélait sa qualité de chef, en sortit. Il s'arrêta sur le seuil et attendit.

L'un des guerriers de l'escorte s'approcha alors de lui et, avec volubilité et force gestes, parut lui expliquer ce qui s'était passé dans la forêt. Les Cinq et Bimbo, debout à quelques pas de là, attendaient, non sans anxiété, le résultat de la palabre.

Annie remarqua qu'un petit Indien, à peu près de son âge, était venu se placer près du chef des Kinkos. Il lui ressemblait trop pour ne pas être son fils.

Le jeune garçon à la peau cuivrée ne pouvait détacher ses yeux d'Annie. Finalement, il lui sourit et, de façon spontanée, la petite fille lui rendit son sourire.

Aussitôt, chose surprenante, tous les Indiens présents s'administrèrent de grandes claques sur les omoplates en riant à gorge déployée. Claude et ses cousins se regardèrent : sans comprendre ce qui se passait, ils pressentaient que leur vie n'était pas en danger.

Le chef fit un geste : deux guerriers de l'escorte des captifs poussèrent doucement Annie et François en avant. Alors, l'Indien fit une chose extraordinaire : il se mit à caresser les cheveux de François, tandis que son fils, avec des cris de joie, promenait ses doigts sur les boucles blondes d'Annie.

Claude chuchota à Mick :

« Tiens ! tiens ! les Kinkos paraissent s'intéresser aux cheveux blonds et aux teints blancs.

— Je comprends ! s'écria Mick soudain illuminé. François et Annie sont tellement différents de nous tous, avec leurs cheveux pâles et leurs yeux bleus, que les Indiens en sont impressionnés.

« Je parie qu'ils les prennent pour des envoyés du Grand Esprit ! Regarde donc, mon vieux ! »

Claude ne se trompait pas. Le chef, qu'ils entendirent appeler Maliku, venait de faire apporter des paniers de vannerie, débordant de fruits exotiques, qu'on alignait devant François et Annie. Puis, sur un ordre de son père, le petit garçon — qui répondait au nom de Soku — courut à Claude et à Mick, les prit par la main, et les conduisit devant les paniers. Bimbo suivit.

Mick, ne sachant trop ce qu'on attendait

de lui, prit une mangue et allait la porter à sa bouche quand un coup d'œil indigné de Soku arrêta son geste. Claude devina en un éclair ce qu'il convenait de faire : elle se hâta de saisir une banane, l'éplucha et la tendit à Annie.

Aussitôt, Soku se mit à danser de joie sur place et tous les Indiens parurent contents.

« Donne la mangue à François, souffla Claude à Mick. Et vous, Bimbo, offrez-lui également un fruit. »

Son cousin obéit sans comprendre, imité par Bimbo.

« Qu'est-ce que ça veut dire ? bougonna Mick.

— Tout simplement, répondit François, que ces gens-là paraissent nous considérer comme des hôtes de marque, Annie et moi. Quant à vous... ils vous croient nos serviteurs !

— Tout juste, dit Claude. Me voilà transformée en servante !

— Et moi en valet de chambre ! » ajouta Mick.

La situation leur paraissait si cocasse qu'ils ne purent s'empêcher de rire. Il semblait se confirmer qu'ils n'avaient plus rien à craindre pour leur vie. Cette pensée leur était d'un grand réconfort.

Claude, futée, glissa à Annie :

« Caresse Dago. On comprendra qu'il est sous ta haute protection. »

Annie s'exécuta. Les Indiens sourirent au chien. À leurs yeux, Dagobert devenait une sorte de fétiche de la petite déesse blonde.

« Ce n'est pas tout ça, murmura François. Reste à savoir ce qu'on va faire de nous. »

Les enfants n'allaient pas tarder à être fixés. Quand François et Annie eurent dégusté leurs fruits, en s'appliquant à mastiquer avec dignité, Maliku frappa dans ses mains d'un air joyeux et invita ses deux hôtes blonds à le suivre.

Claude, Mick, Bimbo et Dag emboîtèrent le pas au petit groupe, sans que personne s'y opposât.

Le chef des Kinkos entraîna tout le monde sur une esplanade au centre de laquelle se dressait une sorte de trône rustique. Puis, il fit apporter deux trônes secondaires — c'est-à-dire deux billots de bois — sur lesquels, d'un geste, il invita Annie et François à s'asseoir. Ainsi encadré par ceux qu'il considérait visiblement comme des hôtes de choix, il lança quelques phrases impératives à ses sujets.

Le résultat fut quasi magique. Tous les hommes de la tribu s'élancèrent vers la forêt, d'où s'éleva bientôt le bruit d'arbres que l'on abat. Les femmes, de leur côté, disparurent dans leurs huttes pour en ressortir avec des nattes qu'elles étalèrent devant Maliku et les naufragés.

Bimbo, qui se tenait debout près des

trônes avec Claude et Mick, leur glissa soudain :

« Je comprends un peu ce que dit le chef. L'idiome que parlent les Kinkos ressemble beaucoup au patois de mon village natal.

— Chic ! répondit Claude. Ça nous rendra certainement service. Vous pourrez faire office d'interprète, Bimbo.

— En attendant, coupa Mick, pratique, avez-vous compris ce que Maliku a ordonné ?

— Je crois que les hommes vont

construire une case sur l'esplanade même pour François et Annie, et une seconde, plus petite, pour nous autres..., répliqua Bimbo en clignant de l'œil d'une façon comique. Entre-temps, les femmes nous serviront à tous un bon repas.

— Bonne idée, commenta Claude. Je sens le besoin de me remonter après les émotions de la journée.

— Et moi, avoua Mick, j'ai l'estomac au troisième sous-sol ! »

Le jeune Soku, qui s'était éloigné, revint avec une poignée de fleurs qu'il offrit à Annie. Celle-ci les accepta avec gentillesse. Maliku parut satisfait.

Au cours du repas qui suivit, Bimbo, favorisé par sa compréhension relative du langage kinko, fit une découverte : les Indiens prenaient Claude pour un garçon.

« Gardons-nous de les détromper ! décida celle-ci. Sinon, on serait capable de me reléguer avec les femmes pour piler le manioc ou balayer les cases. Très peu pour moi ! »

Des quartiers de chèvres grillés, du manioc, des ignames et des fruits calmèrent la faim des naufragés. Quand le festin fut terminé, les cases qui leur étaient destinées l'étaient aussi.

On leur en fit les honneurs en grande pompe. Ou plutôt, on se contenta de désigner leur hutte à Claude, Mick et Bimbo, tandis qu'un grand cortège accompagnait François et Annie à celle, toute pimpante et décorée de fleurs et de colliers de dents de jaguar, où ils devaient habiter.

Quand la nuit tomba, chacun se retira chez soi. Les émotions de la journée avaient brisé les nerfs des enfants.

« Enfin seuls ! soupira Claude en tirant sur elle la porte rudimentaire de la "case des serviteurs".

— Oui, répondit Mick sur le même ton. Je crois qu'en dépit des événements, je dormirai bien cette nuit.

— Moi aussi », déclara Bimbo.

Claude leur lança un regard de mépris :

« Alors, vous allez vous coucher comme ça ?

— Ma foi, oui, avoua Mick en jetant un coup d'œil d'envie aux trois litières de feuillage qui les attendaient. Mais tu dormiras dans ce coin, là-bas, que je vais t'aménager de manière plus confortable et séparer du reste de la pièce par des peaux de bêtes tendues. Cela te fera une petite chambre pour toi toute seule. »

Le regard de Claude se fit plus méprisant encore.

« Comme si je pensais à mon confort ! dit-elle. Le plus pressé, c'est de rejoindre François et Annie pour discuter avec eux de la situation.

— Vous croyez qu'on nous le permettra ? objecta Bimbo.

— Dame ! Nous sommes leurs serviteurs, pas vrai ? Il est normal que nous allions voir s'ils ont besoin de quelque chose avant de nous retirer pour la nuit.

— Très juste ! reconnut Mick. Allons-y ! Je ne serai pas fâché de savoir ce que pense François. »

Ainsi que l'avait deviné Claude, personne ne s'opposa à leurs mouvements. Ils purent sortir librement de leur case et gagner celle des « invités ».

« Il est évident, constata Claude avec animation, que nous ne pourrions nous enfuir, même si nous le voulions. Où irions-nous ?

Nous ignorons même où nous sommes. Les Kinkos ne sont pas fous et savent bien qu'il est inutile de nous surveiller. »

Le petit groupe, suivi de Dag, rejoignit donc François et Annie. Tous se retrouvèrent avec joie et purent échanger leurs idées. François, momentanément rassuré sur leur sort commun, émit cet avis plein de sagesse :

« Pour l'instant, essayons de nous adapter et de vivre en bonne intelligence avec les Kinkos. Grâce à Bimbo qui nous servira d'interprète, nous tâcherons de gagner l'amitié du chef Maliku et de son fils Soku. Nous nous renseignerons par ailleurs sur l'endroit où nous sommes. Enfin, nous envisagerons le moyen de partir d'ici pour regagner Manaus.

— Si, d'ici là, Juan Veluz n'est pas venu nous délivrer ! » coupa Annie pleine d'espoir.

François sourit : il reconnaissait là sa petite sœur, si craintive d'apparence, mais toujours vaillante face à l'adversité.

*Chapitre 5*

# Le départ du radeau

Dès le lendemain, les enfants et Bimbo s'appliquèrent à suivre le programme tracé par François. Ce fut moins dur qu'ils ne le pensaient : les Kinkos n'avaient rien de féroce. Quant à Maliku et à Soku, ils faisaient de leur mieux pour plaire aux « invités » et traitaient leurs « serviteurs » avec générosité. Enchanté de trouver en Bimbo un porte-parole valable, le chef kinko lui avait expliqué qu'il considérait François et Annie comme des mascottes envoyées par les dieux. Le Brésilien s'était gardé de le détromper.

Une semaine s'écoula. Maintenant, les naufragés étaient adaptés à leur nouvelle vie. Ils jouissaient d'une relative liberté, surtout les « serviteurs » qui pouvaient aller et venir à leur guise.

François et Annie menaient une vie plus « mondaine ». Maliku les conviait à des repas ou à des parties de chasse. Bimbo servait alors d'interprète. Claude et Mick, très indépendants, ne se joignaient aux autres que quand ça leur convenait. Ils n'avaient qu'une préoccupation : trouver un moyen de retourner à Manaus ou seulement faire savoir au monde qu'ils étaient saufs.

Les quatre cousins imaginaient le désespoir des parents de Claude et cela les affligeait presque autant que leur isolement au cœur de l'Amazonie. Pourtant, ils refusaient de se laisser abattre.

« Je suis certain que Juan Veluz s'est tiré vivant de l'aventure, disait Mick. Il saura bien nous retrouver !

— Je n'aurai pas la patience de l'attendre, répondait Claude. Je n'ai pas l'intention de moisir ici longtemps. »

Le cerveau de Claude était en perpétuelle

ébullition. Aussi ses cousins ne s'étonnèrent-ils pas le jour où elle annonça :

« J'ai une idée ! »

Cette idée lui était venue après une conversation avec Bimbo. Le Brésilien, rassemblant ses souvenirs des derniers moments du vol et du « crash », pensait que le Solimoes, c'est-à-dire l'Amazone, ne devait pas couler très loin.

Ce même soir, les enfants et Bimbo tinrent conseil dans la « case des invités ».

« L'autre jour, expliqua le Brésilien, en allant chasser avec Maliku et ses Indiens, nous avons suivi le cours d'eau qui borde ce village. J'ai bien observé la direction du courant et estimé qu'il devait se jeter dans l'Amazone à quelques kilomètres d'ici. Un chasseur m'a confirmé que le Solimoes est à quelques heures de marche.

— Et alors ? demanda Mick.

— Alors, enchaîna Claude, la voie de la liberté s'offre à nous sous la forme liquide. On embarque sur le fleuve et on se laisse porter jusqu'à Manaus. »

Les autres ne purent s'empêcher de rire.

Claude avait toujours une manière simple et imagée de présenter les choses.

« Ce sera un peu plus compliqué que cela, objecta François. Pour commencer, à bord de quoi embarquerons-nous ?

— Sur un radeau, bien sûr ! répliqua Claude. Les pirogues des Kinkos sont trop étroites, trop peu stables, trop difficiles à manier pour que nous nous en servions.

— Et ils ne nous les prêteraient pas ! ajouta Annie.

— Au fait, dit Mick. Jamais Maliku et ses sujets ne nous permettront de partir.

— Bah ! fit Claude. Nous nous débrouillerons. Nous inventerons un prétexte : une promenade ou une partie de chasse que les “invités” voudront faire seuls avec leurs serviteurs, que sais-je encore ?... »

Et devant le silence de ses compagnons, elle ajouta avec force :

« L'essentiel est de filer à bord de notre radeau et de profiter du courant pour redescendre jusqu'au confluent de l'Amazone et du Rio Negro.

— Mais ce radeau..., dit François. En quoi le construirons-nous ?

— En balsa, tiens ! Tu sais bien que tous les anciens navigateurs des Tropiques utilisaient ce bois ultra-léger !

— C'est vrai, dit Mick. Et des balsas, il y en a pas mal dans le coin.

— L'ennuyeux, soupira Annie de sa voix douce, c'est que je ne sais pas construire de radeau, moi ! Et je ne pense pas que vous le sachiez non plus ! »

Claude se mit à rire.

« Nous allons consulter Dag, déclara-t-elle. Il est toujours de bon conseil. Voyons, mon chien, comment allons-nous construire notre radeau ? »

Dag dressa une oreille, abaissa l'autre, cligna de l'œil et pencha un peu la tête à droite, comme s'il comprenait ce qu'on lui demandait.

« Ouah ! répondit-il. Ouah, ouah, ouah, !

— Vous l'entendez ? dit Claude, feignant de traduire. Il pense que nous pourrions faire construire le radeau par les Kinkos eux-mêmes. Merci, Dag. Le roi Salomon n'aurait pu mieux décider ! »

Claude ne doutait jamais de rien. Mais, sous ses extravagances apparentes, elle voyait souvent juste. Il en fut ainsi cette fois encore.

Le lendemain matin, François, qui avait passé une bonne partie de la nuit à réfléchir, déclara à ses compagnons que le moyen d'évasion préconisé par Claude, aussi hardi qu'il fût, semblait en fin de compte la seule solution envisageable.

À la suggestion de sa cousine, il eut alors un entretien avec Maliku. Bimbo servait d'interprète.

« La déesse blonde et moi, annonça François au chef kinko, nous devons aller retrouver le Grand Esprit pour prendre ses ordres avant de revenir parmi vous. Il nous faut un radeau. »

Il s'exprimait avec autorité, d'une voix ferme, comme si aucun refus ne pouvait lui être opposé. Bimbo traduisait, imperturbable. Mais François, Annie et le Brésilien étaient terriblement émus. Leur cœur battait avec violence. Et si Maliku allait dire non ?

Quand Bimbo se tut, le chef kinko prit une expression chagrine mais s'inclina cependant.

« Très bien ! soupira-t-il. Les envoyés du

Grand Esprit seront obéis. Mais Maliku espère que leur absence ne sera pas longue...

— Je l'espère aussi », dit François, soulagé.

Le grand garçon était sincère. Il songeait que, s'ils le pouvaient, les Cinq reviendraient chez les Kinkos un jour ou l'autre, et leur distribueraient des présents pour les remercier de les avoir si bien traités. Mais cela, bien sûr, restait pour l'instant du domaine du rêve.

Les jours suivants, le village devint le théâtre d'une animation inaccoutumée. Les Kinkos abattaient des arbres dans la forêt, rapportaient les troncs dépouillés au bord de l'eau et les assemblaient avec des lianes.

Bimbo, méfiant, s'était institué le surveillant des travaux. Il avait l'œil à tout. François et Annie, que leur haute position obligeait à l'inactivité, devaient se contenter de rassembler des provisions et de les emmagasiner en attendant le jour du grand départ. François entassait ainsi viande fumée, poisson séché, fruits, condiments, etc.

Annie, active et pratique, mettait de côté des aiguilles d'os et des fils de liane, des

« remèdes » sous forme de poudres et d'onguents du cru, et aussi des ustensiles de cuisine en terre cuite.

Claude et Mick, plus libres de leurs mouvements, se procuraient des armes de fabrication kinko : sarbacanes, arcs et javelots. Mais sauraient-ils bien s'en servir ?

« Emportons-les toujours, disait Mick. Abondance de biens ne nuit pas. Pensons aussi à prendre du matériel de pêche et des réserves d'eau. »

Claude, de son côté, fit tresser par des femmes indigènes de grands chapeaux destinés à protéger les voyageurs de l'ardeur du soleil.

Plusieurs jours s'écoulèrent. Bimbo pressait le mouvement. Il avait remarqué que le zèle des constructeurs du radeau se ralentissait. Inquiet, il se demandait s'il s'agissait de simple paresse ou si Maliku, revenant sur sa décision première, n'hésitait pas à présent à laisser partir ses hôtes forcés.

« Je crois, décidément, que le chef voit notre départ d'un mauvais œil, déclara François un beau matin. Nos affaires se gâtent, mes amis.

— Attends donc ! dit Annie d'un ton calme. Je vais tâcher d'arranger ça ! »

La « déesse blonde », que le petit Soku ne quittait guère, misait sur la dévotion qu'il avait pour elle. Elle le prit donc à part et lui expliqua tant bien que mal, avec quelques mots kinkos et pas mal de gestes, qu'elle devait aller au royaume du Grand Esprit avec le chef blond et leurs serviteurs, mais qu'en attendant leur retour Soku pouvait se parer d'un collier qu'elle lui offrait.

« Tiens, prends ! C'est pour toi. »

Tout en parlant, Annie avait détaché de son cou la chaîne d'or qui brillait sur sa peau blanche. Elle la passa autour du cou brun du gamin. Soku tourna vers elle des yeux extasiés et se mit à danser de joie. Maliku, attiré par le bruit, parut alors. Son fils lui montra le bijou. Le chef, flatté, sourit à Annie, s'inclina... et la construction du radeau se remit à progresser assez vite.

Enfin, le « navire », comme l'appelait Claude avec emphase, fut achevé. C'était un radeau aussi robuste que léger, flottant bien, et que l'on dirigeait à l'aide de solides gaffes. On le baptisa *Dagobert.*

« Notre voyage ne va pas être du gâteau ! décréta prosaïquement Mick. Mais on tâchera de s'en tirer au mieux ! »

Il exprimait ainsi tout haut ce que pensaient tout bas les autres... Et le jour du départ arriva.

C'est avec une morne tristesse, presque avec répugnance, que les Kinkos transportèrent à bord vivres, vêtements et armes. Maliku avait l'air sombre. Soku courait, très agité, de son père à Annie. À la pensée de perdre — même pour peu de temps — leurs mascottes, les Indiens envisageaient sans joie l'avenir.

Quand Bimbo, Claude, Mick et Dag montèrent à bord, ils restèrent sur la rive, figés comme à la parade. Mais lorsque François et Annie se préparèrent à embarquer à leur tour, un sourd gémissement monta de la foule.

« Vite ! lança Claude. Allons-nous-en ! »

Mais il était déjà trop tard. Soku s'était précipité sur Annie et la tirait en arrière. Comme si cet élan de son fils l'eut décidé, Maliku fit un pas en avant. Voyant cela, François sauta à bord du radeau et tira sa sœur à sa suite. Soku, cependant, le visage inondé de larmes, s'accrochait désespérément au bras d'Annie.

Maliku fit un geste, comme pour retenir les « invités ». Ses doigts se refermèrent sur quelques boucles dorées de la fillette. Puis il s'arrêta, indécis. Annie, tiraillée de toute part, s'immobilisa. François ne savait que faire.

Claude, comprenant que la situation était grave et qu'il fallait agir vite pour éviter un désastre, eut une inspiration.

« Mick ! jeta-t-elle. Tu as toujours tes ciseaux de poche, n'est-ce pas ? Prends-les et suis-moi. J'ai une idée ! »

Quand Claude avait une idée, ses cousins savaient qu'en général elle était bonne. Mick obéit donc sans poser de question. François et Annie reprirent espoir.

Claude, suivie de Mick, sauta à terre. Elle s'inclina devant Maliku, lui désigna la chevelure d'Annie et fit un geste d'offrande. En même temps, entre ses dents, elle soufflait à sa cousine :

« Tant pis pour tes boucles, Annie. Fais-en le sacrifice. Notre liberté est à ce prix ! »

Puis, en donnant à ses gestes et à sa voix

toute l'autorité possible, elle ordonna à Mick de couper les boucles.

Mick officia avec la solennité d'un prêtre. François n'osait ouvrir la bouche. Annie, d'abord stupéfaite, sentait de grosses larmes lui monter aux yeux.

« T'en fais pas, ma vieille, chuchota Mick sans cesser de manier ses ciseaux. Ça repoussera. Et puis, je ne coupe ta tignasse qu'à mi-longueur. Ça te permettra d'essayer une nouvelle coiffure pendant quelque temps. »

Quand la coupe fut terminée, François, d'un geste vif, attira Annie à côté de lui sur le radeau, cependant que Claude et Mick offraient avec gravité la moisson dorée au chef kinko et que Bimbo, entrant dans le jeu, expliquait que ce précieux cadeau avait valeur de talisman.

À présent, Maliku rayonnait. Il se réserva une boucle, en donna une autre à son fils et laissa ses sujets se partager, presque religieusement, le reste des cheveux.

Tous admettaient que la « déesse blonde » laissait un peu d'elle-même au village. C'était, leur semblait-il, une garantie sûre de son retour.

Dès lors, tout alla très vite. Deux ou trois Kinkos poussèrent le *Dagobert* loin de la rive et, au milieu des acclamations, les naufragés commencèrent leur navigation hasardeuse.

*Chapitre 6*

# Anaconda et piranhas

Bientôt, le village kinko disparut aux yeux des hardis coureurs d'aventures. Il n'y eut plus, autour d'eux, que le ciel, le fleuve et la forêt.

« Ouf ! souffla Mick, résumant ainsi l'opinion générale. Nous avons frôlé la catastrophe. J'ai bien cru qu'au dernier moment, on ne nous laisserait jamais partir !

— Claude ! Claude ! s'écria François avec élan. Je me demande ce que nous serions devenus sans ton idée géniale !

— Oh, oui ! renchérit Annie, déjà consolée de sa nouvelle coupe. Merci, oh ! merci ! »

Claude n'aimait pas les remerciements qui la gênaient toujours.

Elle s'empressa de changer de sujet de conversation.

« Ce n'est pas tout ça, dit-elle. Il faut un capitaine au *Dagobert* !

— Ouah ! dit Dag, entendant son nom.

— Non, pas toi ! fit Mick en riant. Tu es incapable de reconnaître le nord du sud et bâbord de tribord.

— Il est tout indiqué que Bimbo nous dirige ! déclara François. Il est plein d'expérience et connaît à fond l'Amazone.

— Je connais aussi la navigation, admit le Brésilien en souriant. Et je pense pouvoir vous guider.

— Hourra pour le capitaine Bimbo ! s'écria Annie. Claude, qui est marin dans l'âme, pourra servir de second. François sera commissaire de bord.

— Moi, dit Mick, je serai le reste de l'équipage à moi tout seul... ou plus exactement avec toi comme moussaillon, Annie.

— Ouah ! fit encore Dago.

— Oh, toi, mon vieux, contente-toi d'être notre mascotte et le parrain de ce bateau ! » dit Claude en riant.

Bimbo commença par apprendre aux deux garçons et à Claude la façon de manœuvrer le radeau. Il leur expliqua les traîtrises des souches immergées et des plantes aquatiques, leur montra comment profiter au maximum du courant. Puis il établit des tours de manœuvre, par équipes de deux : lui et Mick, Claude et François.

Le radeau était lourdement chargé. On ne pouvait aller très vite sans risquer des ennuis.

« Tout ira mieux quand nous aurons atteint l'Amazone, affirma Bimbo.

— À quel moment, à votre avis ? demanda Mick.

— Dans trois heures, je pense, à l'allure où nous allons. Vers midi, nous commencerons déjà la descente du fleuve. »

En faisant construire le radeau, Bimbo avait prévu une sorte d'abri qui pouvait aussi bien protéger de la pluie que du soleil. À midi, les voyageurs furent bien contents de s'y retirer, à l'ombre, les uns après les autres, pour un frugal repas.

Les enfants se félicitaient d'avoir le Brésilien avec eux. Sans lui, ils auraient été perdus, dans tous les sens du mot. Leur compagnon, en effet, était plein de ressources. Aux nuées de moustiques qui les attaquaient, il opposait un mélange d'essences végétales de sa composition dont il suffisait de se frotter pour éloigner les redoutables assaillants.

« Plus redoutables que le jaguar ou le serpent, précisait Bimbo. Ces sales bêtes sont capables de vous inoculer un tas de maladies ! »

Le *Dagobert* atteignit l'Amazone. La largeur du fleuve à cet endroit coupa le souffle aux quatre cousins : on n'apercevait même pas la rive opposée.

« Notre navigation ne sera pas rapide, expliqua Bimbo, mais cela vaut sans doute mieux : nous aurons moins à redouter d'accidents de parcours. Ce radeau n'est pas facile à manier ! »

Et le long voyage commença pour de bon. Il avait été décidé, à l'unanimité, que, pour éviter de mauvaises rencontres, on éviterait de descendre à terre, même pour dormir.

« Nous mettrons le brillant clair de lune à profit pour naviguer de nuit comme de jour, expliqua Bimbo. Cela économisera à la fois du temps et les vivres. Nous prendrons le quart à tour de rôle. Je crains seulement que ces nuits écourtées ne vous fatiguent, jeunes gens ! »

Mais Claude et les garçons se récrièrent : ils avaient hâte de rallier Manaus et se sentaient capables des plus gros efforts pour atteindre leur but.

La navigation, hélas ! ne fut pas aussi paisible que les passagers du *Dagobert* auraient pu l'espérer.

Une première et terrible mésaventure leur arriva un soir, alors que, voyant la fatigue des enfants, Bimbo avait décidé de passer exceptionnellement la nuit, non pas à terre, mais amarrés à un arbre en bordure du fleuve.

« Il faut que vous ayez tous une bonne nuit de sommeil ! avait déclaré le Brésilien. Moi seul veillerai, quitte à dormir demain dans la journée ! »

On avait donc attaché le radeau à un arbre de la rive, à l'aide de longues et solides lianes faisant office de cordage. La nuit se passa bien et les enfants se réveillèrent joyeux, prêts à reprendre leur navigation.

C'est alors qu'un accident tragique survint. Dag, qui, frais comme un gardon, courait en aboyant d'un bord à l'autre, glissa soudain et tomba à l'eau.

« Dag ! cria Claude. Reviens vite ! »

Et elle se mit à plat ventre sur le « pont », prête à repêcher son chien. Dag

nageait fort bien et se rapprochait assez vite du radeau dont un remous l'avait éloigné quand, soudain, un énorme serpent, confondu jusqu'alors avec une branche d'arbre sur la berge, déroula ses anneaux et se laissa glisser dans le fleuve, à la poursuite de Dag.

Claude devint livide. Bimbo cria :

« C'est un anaconda ! Et de belle taille encore ! Vite, Mick, coupez l'amarre. Éloignons-nous ! Mieux vaut ne pas avoir affaire à un gaillard de cette espèce.

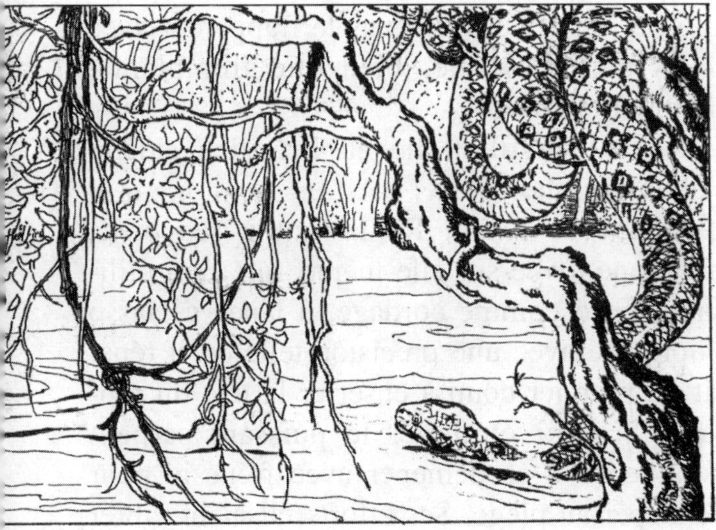

— Je ne partirai pas sans mon chien ! » hurla Claude.

Mick et François, s'armant des gaffes qui servaient à diriger le bateau, se penchèrent sur l'eau. Dag, devinant le danger, nagea plus vite. Au frémissement de l'eau limoneuse, à travers laquelle il était impossible de rien voir, on devinait la présence du monstre sur la trace de sa proie.

Enfin, Dag toucha le radeau. Claude, toujours à plat ventre, l'empoigna par son collier et le tira à elle. Il était temps ! La tête de l'anaconda surgit de l'eau, gueule béante.

Sans hésiter, les garçons le frappèrent avec leurs gaffes. Annie, bien que tremblante, dominait sa peur.

« Vite ! souffla-t-elle au Brésilien sidéré. Faites quelque chose ! »

Bimbo se reprit. Ramassant à ses pieds une liane lovée sur elle-même, que l'on utilisait à bord comme cordage, il lança ce lasso improvisé avec une précision telle qu'il réussit du premier coup à enserrer la tête du reptile. À demi étranglé, le puissant serpent commença à se démener avec frénésie pour échapper au piège. Ses efforts faisaient vibrer le radeau. Les enfants durent unir leurs forces à celles du Brésilien pour maîtriser le monstre.

Ce ne fut pas sans mal. Enfin, presque décapité par la corde, l'anaconda cessa la lutte. Son corps se détendit au fil du courant.

« Nous le dépouillerons plus tard, déclara Bimbo ruisselant de sueur. Le plus pressé, c'est de filer d'ici ! »

Il attacha au radeau la liane qui retenait le serpent et écarta le *Dagobert* du rivage. La navigation reprit, mais l'atmosphère, à bord, avait changé.

Claude, mal remise de la peur qu'elle avait éprouvée, jetait autour d'elle des coups d'œil inquiets, comme si elle s'attendait à voir surgir de nouveaux dangers.

Bimbo, un peu plus tard, ajouta à son inquiétude en déclarant, non sans hésiter :

« Je ne devrais peut-être pas vous en parler, jeunes gens, mais j'ai l'impression pénible que, depuis ce matin, des yeux invisibles nous surveillent depuis la rive. »

François sursauta.

« C'est bizarre, ce que vous dites là, fit-il d'un air soucieux. Moi aussi, j'ai cette impression. Et je ne me sens pas à l'aise du tout.

— Vous plaisantez ! s'écria Mick. Qui voulez-vous qui nous surveille ? C'est l'épisode de l'anaconda qui vous rend méfiants et anxieux. Il y a assez de périls réels qui nous menacent, sans en inventer. Je pense entre autres aux piranhas, ces terribles petits poissons qui, affirme-t-on, sont capables de dévorer en une minute un homme ou même un buffle entier. Vous devez en savoir long à leur sujet, Bimbo ! »

Bimbo sourit :

« Les piranhas sont voraces, c'est certain, mais il ne faut quand même pas en faire de pareils épouvantails. Vous avez bien vu que, ce matin, Dag a pu nager jusqu'à nous sans être dévoré par eux.

— C'est vrai, ça, dit Annie. Pourquoi les piranhas ne l'ont-ils pas mangé ?

— Parce qu'ils n'avaient pas faim, voilà tout ! dit Bimbo. C'est surtout en période de très basses eaux, quand ils sont confinés dans des coins où la nourriture est rare, qu'ils se jettent sur tout ce qu'ils trouvent. Et alors, en effet, ils dévorent n'importe quoi. Parfois, des pêcheurs imprudents perdent ainsi une jambe, aussi sûrement que si un requin la leur avait happée.

— Quelle horreur ! s'exclama Annie.

— Si nous parlions de choses plus réjouissantes ? proposa François.

— D'accord, admit Bimbo. Je vais attraper un poisson pour notre repas de ce soir. Cela ménagera nos provisions, et votre gentille petite sœur m'aidera à le préparer. »

Annie ne demandait pas mieux. Ce soir-là, sur le bateau, on fit bombance. Et le *Dagobert* continua à descendre l'Amazone au clair de lune. Les équipes de quart se relayèrent. Mais Bimbo, comme les enfants, restait nerveux sans savoir pourquoi.

Le lendemain, il dépeça l'anaconda. Pour cela, sous les yeux des Cinq, intéressés, il le suspendit au mât du radeau et, d'un seul coup de couteau, l'éventra du haut en bas. Après quoi, il découpa la peau autour de la tête et tira dessus pour la dégager du corps.

« Vous voyez, expliqua-t-il en joignant le geste à la parole, je la roule ainsi pour la conserver. Il ne faut pas qu'elle sèche trop vite. Quant au corps du reptile...

— Jetez vite ce gros saucisson à l'eau ! plaisanta Mick.

— Certainement pas, répliqua Bimbo en riant. Je vais le découper en rondelles que nous ferons rôtir à midi pour les déguster.

— Pouah ! » s'écrièrent les enfants, riant aussi.

Ils croyaient à une boutade. Mais le Brésilien les détrompa.

« Rien n'est aussi savoureux que la chair de serpent, expliqua-t-il. Et si vous n'aimez pas ça, ne m'empêchez pas de m'en régaler. »

Un peu plus tard, en effet, en voyant Bimbo manger avec appétit les « rondelles » d'où s'échappait un fumet alléchant, les Cinq se décidèrent à goûter du boa aquatique. Ils le firent d'abord avec répugnance, puis y prirent goût et, enfin, dévorèrent de bon cœur ou plutôt de bon estomac.

« C'est délicieux ! apprécia Claude.

— Quand je vous le disais ! »

Au cours de l'après-midi, alors que Claude et François dormaient dans la cabine, et que Mick et Bimbo maniaient leurs gaffes, Annie, seule dispensée de la corvée de pilotage, laissait ses regards errer sur le fleuve. Soudain, son attention fut attirée par une épave, sorte de souche pourrie, que charriait le flot lent de l'Amazone et sur laquelle se démenait une petite forme brune.

« Regarde, Mick, dit-elle à son frère. On dirait un singe.

— C'en est un ! répondit Mick. Il semble en difficulté.

— Pauvre petit, comme il est mignon ! Essayons de le sauver !

— D'accord. Je vais tirer à nous ce bois flottant avec ma gaffe. »

Or, à peine le jeune garçon eut-il tendu sa gaffe en direction de l'épave que le singe l'empoigna et, avec agilité, grimpa à bord à la force de ses quatre poignets.

Il était si drôle que le Brésilien et les enfants éclatèrent de rire. Tirés de leur sommeil, François et Claude sortirent de la cabine pour voir ce qui se passait. Claude s'esclaffa.

« On dirait Berlingot, le singe de notre ami Pilou, de Kernach ! s'écria-t-elle. Et regardez ! Dag a l'air de penser comme moi ! »

Dag, curieux, s'était rapproché du singe. Oui, il se rappelait Berlingot, avec qui il faisait à Kernach de si bonnes parties. Peut-être ce petit quadrumane était-il son frère ?

« Gare ! s'écria Bimbo, inquiet, en voyant le singe observer Dag d'un air méfiant. S'il prend à ce singe la fantaisie de sauter aux yeux de votre chien, je crains... »

Il n'acheva pas sa phrase. Une scène comique et attendrissante à la fois s'ébauchait sous ses yeux.

« Ouah ! dit Dag d'un air engageant en se campant sur quatre pattes, juste sous le nez du singe.

— Gllliii ! » répondit le petit naufragé.

Et, d'un seul élan, il se jeta au cou de Dago, lui mordilla une oreille, puis bondit sur son dos.

« Ma parole ! Il imite Berlingot ! » s'écria François stupéfait.

Dag, enchanté de son cavalier, se mit à galoper d'un bout à l'autre du radeau, sautant par-dessus les obstacles comme un vrai chien de cirque. Le singe se cramponnait à son cou et semblait s'amuser follement. Pour terminer, il lâcha Dag, grimpa au mât, en redescendit aussi vite qu'il y était monté, fit la cabriole, puis sauta de nouveau sur le dos de Dag qui se remit à cavalcader de plus belle.

Claude, ses cousins et Bimbo n'en pouvaient plus de rire.

« Ce singe a l'air d'un petit diable, dit Annie. Si nous l'appelions Diablotin ?

— Entendu, répondit Claude. Hé, là ! Doucement !... Le voilà qui pille nos provisions ! »

Le singe avait faim. On lui donna à manger. Après quoi, il consentit à se tenir tranquille, mais sans plus quitter son ami Dag. Tous deux, d'emblée, étaient devenus inséparables. Et ce fut entre les pattes du chien et blotti contre son cou, que Diablotin, ce jour-là, fit la sieste.

redescendit aussi vite qu'il y était monté, [illegible]

[illegible]

*Chapitre 7*

# L'enlèvement de Soku

Quand la nuit tomba, le Brésilien regarda les enfants d'un air perplexe.

« Qu'y a-t-il, Bimbo ? demanda Claude, intuitive. On dirait que vous avez une idée en tête mais que vous hésitez à nous en faire part.

— Ce n'est pas exactement une idée, soupira le Brésilien, mais une impression de plus en plus forte. On nous surveille de la rive.

— Ce n'est pas possible, voyons ! s'écria Claude. Il faudrait que les guetteurs que vous soupçonnez de s'intéresser à nous descendent le cours du fleuve en même temps que le radeau. À terre, ça ne leur serait guère commode.

— Les Indiens peuvent se déplacer très vite en forêt.

— Parce que vous croyez qu'il s'agit d'Indiens ? demanda François.

— Je le suppose.

— Voilà qui me soulage ! plaisanta Mick. J'avais peur qu'il ne s'agisse d'une armée d'anacondas prêts à se jeter à l'eau pour nous avaler tout crus. »

Mais Annie n'était pas rassurée.

« Si ces Indiens nous attaquaient..., commença-t-elle.

— Voilà bien ce qui m'étonne, avoua le Brésilien. S'il s'agit d'ennemis, pourquoi ne se manifestent-ils pas ? À plusieurs reprises, nous sommes passés assez près du bord : ils auraient pu nous lancer des flèches.

— C'est vrai, dit Claude, pensive. Et il y a autre chose. J'ai remarqué que Dag, de temps à autre, humait l'air en direction de la rive, comme s'il flairait du louche. Pourtant, il n'a jamais aboyé.

— Curieux ! soupira Mick redevenu sérieux. Il y a là un mystère... »

Le jeune garçon fut interrompu par des cris aigus poussés par Diablotin, que Dag soutenait de sa voix profonde.

« Glliii !

— Ouah ! Ouah !

— Allons bon ! s'écria Claude. Que se passe-t-il à l'arrière du radeau ? »

Sauf Bimbo et Mick occupés à la manœuvre, tous se précipitèrent pour voir. Le spectacle qui les attendait était terrible. Un gros crocodile, attiré par des débris avariés de l'anaconda, que Bimbo tenait en réserve pour appâter sa ligne, avait réussi à se hisser à moitié sur le radeau. Ses formidables mâchoires s'ouvraient déjà pour engloutir la nourriture convoitée quand Diablotin l'avait aperçu et s'était empressé de donner l'alerte.

Dérangé par le singe et le chien à l'instant même où il s'apprêtait à se régaler, l'énorme reptile tourna contre eux sa fureur. Prenant appui sur ses pattes de devant courtes mais robustes, il tourna vers Dag sa tête hideuse...

juste à temps pour recevoir un furieux coup de... marmite en terre sur le bout du museau.

C'était Claude qui, au passage, avait attrapé le premier objet à sa portée en guise d'arme. Le récipient vola en éclats et la fureur du crocodile se reporta sur Claude.

« Recule vite ! » hurla François à sa cousine.

Trop tard ! Claude venait de glisser malencontreusement. Son pied, coincé entre deux des troncs d'arbres composant le pont du radeau, l'empêcha de se relever. Elle vit, tout près d'elle, s'ouvrir la gueule avide du reptile. Déjà, elle sentait son haleine empestée sur sa joue.

C'est alors que l'héroïque Dag, voyant sa jeune maîtresse en danger, s'élança en avant et sauta aux naseaux du monstre. Celui-ci referma ses mâchoires avec un claquement terrible, manquant de peu Dag qui lâcha prise juste à temps.

Cependant, Claude était toujours menacée et le crocodile allait revenir à l'attaque quand Diablotin, auquel plus personne ne faisait attention, entra à son tour en scène.

Sautant agilement sur la tête du reptile, il

s'y maintint à l'aide de ses mains arrière tout en appliquant celles de devant sur les yeux du formidable animal.

Rendu aveugle d'un seul coup et ne comprenant rien à ce qui lui arrivait, le crocodile abandonna la place et se laissa tomber à l'eau avec un « plouf ! » retentissant.

Claude réussit à dégager son pied et se releva. Deux cris jaillirent à côté d'elle :

« Ouah ! faisait Dagobert à pleine voix.

— Diablotin ! » appelait Annie dans un sanglot.

Hélas ! l'initiative du petit singe, si elle avait sauvé Claude et Dag d'une mort affreuse, avait été fatale à lui-même. Le crocodile avait entraîné son adversaire dans une chute... Puis, après l'avoir happé, l'emportait au fond du fleuve.

L'épisode entier avait duré moins d'une minute. À bord du radeau, l'émotion était à son comble.

« Pauvre petit Diablotin ! murmura Annie, en larmes.

— Ça, alors ! » se contenta de dire Mick, très secoué.

Bimbo et lui venaient d'accourir pour assister au dénouement.

« Il ne faudra plus laisser d'appâts à bord du radeau ! » déclara François d'un ton grave.

Claude pressait son précieux Dag contre elle :

« Tu m'as défendue, mon chien ! Quel vaillant tu fais ! Ce malheureux Diablotin t'a sauvé la vie. C'est égal, j'aime mieux que ce soit lui et non toi que ce monstre ait dévoré !

— Il ne l'a pas encore dévoré ! expliqua sombrement Bimbo. Il l'a tué, c'est vrai, mais il l'a ensuite emporté au fond de l'eau pour le cacher entre les racines d'un arbre quelconque, dans la vase. Ce n'est que lorsque la chair de sa proie sera pourrie qu'il reviendra la chercher pour s'en repaître.

— Dégoûtant ! murmura Mick.

— C'est pour cela, ajouta Bimbo, que les restes de l'anaconda ont attiré cet horrible animal. J'aurais dû y penser. S'il était arrivé malheur à Claude ou même à Dag, jamais je ne me le serais pardonné. En tout cas, un bienfait n'est jamais perdu. Vous avez sauvé Diablotin. Il s'est acquitté de sa dette, le pauvre ! »

Le reste de la journée fut assombri par la disparition tragique du petit singe. Et toujours cette impression déprimante d'être guettés par des yeux invisibles...

La nuit suivante et la matinée du lendemain se déroulèrent, plutôt mornes.

« Si seulement le courant était plus rapide ! soupirait Claude en maniant sa gaffe sans entrain.

— Patience ! conseilla François. Nous finirons bien par rallier Manaus. »

Le Brésilien rendit quelque courage à ses

jeunes compagnons en leur révélant qu'il espérait rencontrer une embarcation d'Indiens ou même un petit bateau à moteur, longtemps avant d'atteindre le confluent de l'Amazone et du Rio Negro :

« Alors, nous quitterons le radeau et voyagerons plus vite. Mais, comme le conseille François, il faut patienter jusque-là ! »

À bord, cependant, les provisions données par les Kinkos s'épuisaient. Et Bimbo n'avait plus de viande pour appâter le poisson. Vers midi, il déclara :

« Il faut nous résigner à descendre à terre pour chasser à l'aide d'arcs et de flèches ! Malheureusement, le gibier est rare dans la forêt amazonienne. C'est même l'une des régions du monde les plus pauvres en gibier. Enfin ! Essayons toujours ! »

François, Mick, Claude et Annie n'étaient qu'à demi rassurés en mettant pied à terre. L'épisode du crocodile était encore présent à leur esprit... sans parler de cette surveillance mystérieuse dont le Brésilien croyait qu'ils étaient l'objet.

« Soyons prudents ! conseilla Bimbo. Restons groupés. J'espère, ajouta-t-il à l'adresse des garçons et de Claude, que vous n'avez pas oublié les leçons de tir à l'arc que je vous ai données quand nous étions prisonniers au village !

— Je l'espère aussi, mais nous n'avons jamais été très habiles, répondit Mick. Nous comptons surtout sur vous pour approvisionner le garde-manger, mon cher Bimbo ! »

Mais Bimbo n'eut jamais à faire la preuve de ses talents de chasseur. En effet, à peine les Cinq et le Brésilien s'étaient-ils enfoncés dans la forêt bordant la rive du fleuve, que tous s'immobilisèrent soudain : des bruits suspects venaient de les alerter. Presque aussitôt, des Indiens surgirent du couvert et les entourèrent. C'était, songea Annie horrifiée, la répétition presque exacte de ce qui s'était passé après la chute de l'*Até Logo*. Mais déjà, avec stupeur, Claude reconnaissait ceux qui les cernaient ainsi.

« Maliku et ses guerriers ! s'écria-t-elle. Voilà pourquoi Dag n'aboyait pas ! Mais qu'est-ce que cela signifie ? »

Tout aussi surpris qu'elle, mais un peu

rassurés cependant, ses compagnons dévisageaient les Kinkos. Oui, c'était bien Maliku qui, à leur tête, s'approchait maintenant et — chose étrange — d'un air presque intimidé. Sa tête brune s'ornait de deux plumes de toucan. Des raies blanches et rouges sillonnaient son front et ses joues. Ses guerriers étaient pareillement peinturlurés et emplumés.

« Ces gaillards-là sont sur le sentier de la guerre ! » souffla Bimbo.

Puis, reprenant ses fonctions d'interprète, il se tourna vers Maliku pour le questionner.

Maliku se mit à déverser un torrent de paroles, sans quitter des yeux la tête blonde d'Annie, à laquelle sa nouvelle coiffure faisait une auréole d'ange.

Quand il se tut, Claude, impatiente, demanda :

« Que raconte-t-il donc ?

— Eh bien, expliqua le Brésilien, peu après notre départ en radeau, ces braves gens ont eu des ennuis. Le petit Soku a été enlevé, paraît-il, par une tribu rivale. Maliku et ses hommes se sont aussitôt mis en route...

— Pour retrouver Soku ? coupa Annie, très émue.

— Non. La tribu ennemie des Houngkos est beaucoup plus puissante que celle des Kinkos. Pour récupérer son fils, Maliku a pensé à un moyen plus expéditif à son avis... Lui et ses guerriers se sont dépêchés de rattraper le radeau en suivant le rivage. »

Mick ouvrit de grands yeux :

« Mais pourquoi ? Ce n'est pas nous qui avons enlevé Soku !

— Non, répondit Bimbo. Mais Maliku est persuadé que seuls les « dieux blonds », c'est-à-dire François et Annie, sont capables de l'aider à sauver son enfant.

— Hélas ! comment le pourrions-nous ? soupira François, consterné.

— Maliku, reprit Bimbo, hésitait à nous héler. Il avait peur de provoquer votre colère. Ce sont les regards des Kinkos que nous sentions peser sur nous. Et aujourd'hui, nous avons accosté et ils se sont montrés.

— Et à présent qu'ils ont eu le courage de nous aborder et, en fait, de remettre la main sur nous, grommela Claude, il y a peu de chances qu'ils consentent à nous lâcher.

— Impossible de nous dérober ! renchérit François. Ils ne nous le permettraient pas.

— Vous voulez vraiment aider les Kinkos à délivrer Soku ? demanda le Brésilien, stupéfait.

— Bien sûr, c'est de la folie, déclara Claude. Voilà plusieurs jours que nous naviguons sur le fleuve. Il va falloir le remonter, ce qui nous prendra beaucoup plus de jours encore. Et si nous allons par voie de terre, il nous faudra longtemps aussi pour revenir au village. À partir de là, nous aurons encore à courir après les Houngkos et je ne vois pas bien comment nous pourrions aider les Kinkos à les combattre et à les vaincre !

— Tu as raison, dit Annie en soupirant. Mais ce pauvre petit Soku... Si nous pouvons quelque chose pour lui... »

Maliku avait écouté avec grande attention la tirade véhémente de Claude dont la mimique expressive révélait le sens général. Puis il se la fit répéter par Bimbo dans sa propre langue. Alors, le chef fit un pas vers les enfants et se remit à parler...

« Il dit, traduisit le Brésilien, que la tribu des ravisseurs de son fils habite très loin de son propre village. Nous n'aurons donc pas besoin de remonter jusque là-bas. En fait, le territoire houngko se trouve à peine à un jour de marche de l'endroit où nous sommes en ce moment. »

Un silence tomba. Après réflexion, François hocha la tête.

« En somme, dit-il, Maliku n'a pas perdu beaucoup de temps en se lançant à la poursuite du *Dagobert,* puisque ses ennemis descendaient vers le sud eux aussi. Voyons ! Il me semble que nous n'avons guère le choix. Outre que j'aimerais bien voler au secours de ce pauvre Soku, nous sommes pour l'instant au pouvoir des Kinkos.

— C'est exactement ce que je disais ! souffla Claude.

— Hé oui !... C'est donc entendu, Bimbo ! Dites à Maliku que nous sommes prêts à l'aider ! »

Maliku n'eut pas besoin, cette fois, de se faire traduire les paroles de François. Il avait compris. Son visage cuivré s'éclaira d'un large sourire. Ses guerriers, modelant leur attitude sur la sienne, sourirent à leur tour. Puis tous jetèrent leurs armes en l'air en poussant des cris de joie.

La scène était touchante. Quand l'exaltation des Kinkos se fut un peu calmée, Maliku s'inclina devant les « dieux blonds », puis ordonna que l'on campe sur place, le temps de reprendre des forces avec un bon repas.

Les Cinq et Bimbo ne se firent pas prier pour dévorer à belles dents les provisions des Indiens. Après cela, chacun se sentit prêt à passer à l'action.

*Chapitre 8*

# Mascarade

Maintenant, les enfants étaient résignés à voir retardé leur retour à Manaus. S'ils pouvaient délivrer Soku, ils le feraient. Après tout, ce qu'ils allaient tenter là s'apparentait à la fois à une bonne action et... à une enquête policière... avec le piment du danger et de l'aventure en plus.

« Les Houngkos, rappela Claude à ses cousins, sont plus nombreux et mieux armés que les Kinkos. Nous, nous ne sommes pas armés du tout... à part l'arc et les flèches de Bimbo. C'est donc la ruse qu'il nous faut employer pour délivrer Soku.

— Je suis prête à tout tenter pour cela », déclara Annie d'une petite voix tranquille.

Tous la regardèrent avec émotion. Comme elle était vaillante, en dépit de son jeune âge !

Bientôt, la petite troupe se mit en route et s'enfonça dans la forêt, pour se diriger vers le village des Houngkos. Les Indiens et Bimbo se déplaçaient sans bruit et assez vite. Dag avançait lui aussi sans trop de difficulté. Mais les enfants, peu habitués à marcher en terrain à surprises, éprouvaient quelque mal à suivre. Tantôt le sol s'effondrait sous leurs pas, tantôt ils butaient contre une racine invisible.

À la fin, Maliku ordonna à ses hommes de couper les hautes tiges d'une sorte de roseau géant et de tresser des lianes. Bientôt, sous les yeux émerveillés des enfants, les Kinkos eurent confectionné quatre hamacs suspendus entre des brancards. Les guerriers invitèrent alors François, Mick, Claude et Annie à y prendre place, puis soulevèrent les brancards qu'ils posèrent sur leurs épaules.

« Ça, c'est chouette ! s'écria Mick.

— Moi, je trouve ça un peu dur, grogna

Claude. Quelques coussins rembourrés feraient bien mon affaire. »

Cependant, Maliku n'avait pas menti. Après quelques heures seulement de repos nocturne, on arriva à proximité du village des Houngkos à la fin de l'après-midi suivant. Le chef kinko réunit autour de lui ses guerriers et les naufragés de l'*Até Logo.* Il s'agissait à présent de tenir conseil. Bimbo servit, bien entendu, d'interprète. Les débats durèrent longtemps.

« Pour commencer, décida Maliku, nous allons camper ici cette nuit pour bien nous reposer avant de nous lancer à l'attaque.

— Une attaque ! protesta François. Mais nous ne sommes pas assez nombreux, vous l'avez dit vous-même.

— Oui, mais vous autres, dieux blonds, vous nous protégerez », affirma Maliku plein de confiance.

Les enfants savaient ce que valait le « pouvoir » des « dieux blonds ». Claude se tourna vers ses cousins.

« Ne nous berçons pas d'illusions ! Les Kinkos ont leurs arcs et leurs sarbacanes, Bimbo son arc et son couteau de pêche. Et nous... seulement notre imagination et des astuces plein la tête. Pour vaincre dans ces conditions, et puisque nous ne pouvons être les plus forts, soyons au moins les plus malins. »

François, Mick et Annie avaient confiance en leur cousine. Ils la savaient pleine de ressources et, d'un commun accord, adoptèrent sa façon de voir. Bimbo écoutait de toutes ses oreilles.

« Voici ce que je propose, continua Claude. Un peu avant l'aube, après avoir bien dormi, nous ferons une reconnaissance du côté de l'ennemi. À cette heure-là, les sentinelles sont somnolentes. La surveillance se relâche.

— Une reconnaissance ? Pourquoi ? demanda Annie.

— Parce que, avant de rien tenter, expliqua Claude, il faut repérer l'endroit exact où Soku est retenu prisonnier. Rappelle-toi ! Pas de violence. Seulement de la ruse. »

Le Brésilien intervint.

« Une reconnaissance ? dit-il. Hum ! Ne vous fiez pas trop à l'engourdissement des sentinelles. Les Indiens, même à moitié endormis, ont d'instinct une oreille dressée, comme les chiens. Il suffira qu'un veilleur donne l'alerte et nous aurons toute la tribu sur le dos.

— Oui, dit François, assombri. Nous devons être prudents et ne rien entreprendre à la légère. »

Claude réfléchit un instant, puis son front s'éclaira et, comme tant d'autres fois, elle s'écria :

« J'ai une idée !

— Voyons ! dit Mick.

— Voilà ! Nous emploierons un stratagème pour provoquer l'inquiétude des Houngkos. Alors, peut-être, leurs réactions nous éclaireront-elles sur l'endroit où se trouve Soku.

— En fait de clarté, grommela Mick, ton discours est plutôt obscur, ma vieille.

— Attends donc que je m'explique ! Imaginons que Dag donne de la voix à un bout du village pour attirer l'attention des Houngkos. Profitant de la diversion, Maliku et Bimbo, qui savent se déplacer sans être aperçus, essaieront alors de repérer la hutte où le fils du chef est prisonnier...

— Bonne idée ! approuva le Brésilien.

— Je pourrai renforcer les aboiements de Dag en soufflant dans mon sifflet à roulette ! proposa Mick.

— Parfait ! Cela inquiétera l'ennemi plus encore qu'une attaque des Kinkos. Savent-ils seulement ce que c'est qu'un sifflet à roulette ? Et puis, ils doivent être très superstitieux ! »

François ne débordait pas d'enthousiasme.

« Cela ne sera pas suffisant pour délivrer Soku, soupira-t-il en faisant la moue.

— Non, mais une fois que nous saurons où il se trouve exactement, nous mettrons au point une tactique pour le libérer. Du reste, ajouta Claude, si tu as une meilleure idée, je t'écoute. »

François s'inclina.

« D'accord ! dit-il. S'il vous plaît, Bimbo, expliquez notre plan à Maliku... »

Le chef kinko, ayant une fois pour toutes fait confiance aux « dieux blonds », souscrivit à tout, sans élever la moindre objection. La petite troupe campa donc en silence, se restaura et s'endormit après avoir posté deux guerriers en sentinelle. Et le lendemain, avant l'aube, cinq ombres furtives se glissèrent parmi les arbres en direction du village ennemi.

Une fois à proximité, Claude, Mick et Dag se tapirent au creux d'un fourré, tandis que Maliku et Bimbo contournaient l'agglomération pour aller se poster à l'autre bout.

Quand Claude estima que le Kinko et le Brésilien étaient arrivés à destination, elle orchestra les bruits qui, à son avis, devaient effrayer les superstitieux Houngkos et provoquer chez eux une panique momentanée.

À son signal, Dag se mit à aboyer comme un forcené tandis que Mick tirait de son sifflet à roulette des notes tellement stridentes qu'elles déchiraient les oreilles.

L'adversaire réagit aussitôt. En un clin d'œil, le village houngko fut sur pied. Les femmes, apeurées, restèrent blotties avec les enfants dans les huttes, cependant que les guerriers, faisant bloc, se tenaient debout au centre du village, leur visage inquiet tourné vers l'endroit d'où s'élevaient les bruits diaboliques.

Ils se rendaient bien compte qu'aucun humain ne les attaquait, et se demandaient avec terreur la signification de ces sons étranges qui semblaient les menacer.

Claude n'éternisa pas le concert. Aussi subitement qu'il avait éclaté, celui-ci s'arrêta. Soulagés, les Houngkos se mirent à jacasser entre eux, avec de grands gestes. Mais aucun n'osait encore se risquer vers l'endroit suspect. Ils avaient peur de tomber aux mains de quelques mauvais génies.

Claude, Mick et Dag en profitèrent pour rallier — sans encombre — le gros de la troupe. Bimbo et Maliku ne tardèrent pas à les rejoindre. Le chef kinko semblait ému. Quant au Brésilien, il expliqua aussitôt aux enfants :

« L'idée de Claude était excellente. Dès que le vacarme eut concentré l'attention des Houngkos sur un point de la forêt, nous nous sommes rapprochés, Maliku et moi, du côté non gardé du village. Nous avons assisté à l'effroi des guerriers... tout en observant que deux d'entre eux, seuls, restaient fidèles au poste, c'est-à-dire en sentinelle devant une hutte en troncs d'arbres. C'est évidemment là que Soku est gardé prisonnier. J'ai noté avec soin l'emplacement de cette hutte par rapport aux autres.

— Il ne reste donc plus qu'à le délivrer ! » conclut Mick avec aplomb.

Un nouveau conseil de guerre réunit les naufragés de l'*Até Logo* et le chef kinko. Avant tout, François suggéra de déterminer le point faible des Houngkos. Bimbo, qui s'était renseigné auprès des Kinkos au cours de la marche en forêt, put fournir quelques précieuses explications.

« Les Houngkos, expliqua-t-il, sont attachés à des croyances ancestrales tenaces. Ils croient, entre autres, que l'approche de la fin de leur race leur sera annoncée par l'arrivée d'un animal fantastique, couvert de plumes et d'écailles, qui traversera le village dans toute sa longueur, conduit par une jeune Indienne inconnue.

— En d'autres termes, traduisit François pour le bénéfice de ses compagnons, ces gens-là sont aussi superstitieux que les Kinkos.

— Nous avons pu le vérifier tout à l'heure, souligna Mick. Tout ce qui sort de l'ordinaire leur fait perdre les pédales. Si j'avais braillé d'une voix naturelle, c'est-à-dire humaine, ils seraient accourus vers moi pour m'écharper. Mais le bruit de mon sifflet à roulette, joint aux aboiements insensés de Dag, a suffi à les paralyser un bon moment. C'est d'ailleurs là-dessus que tu comptais, n'est-ce pas, Claude ? »

Mais Claude ne répondit pas. Sourcils froncés, elle réfléchissait. Annie ne quittait pas des yeux sa cousine. Autant que les garçons, elle faisait confiance à la fertilité de son imagination. Aussi, lorsque Claude

ouvrit enfin la bouche, ce fut Annie qui, d'instinct, s'écria :

« Tu as une idée ! »

Ses frères et Bimbo sourirent.

« En effet, reconnut Claude. J'ai une nouvelle idée. Elle m'est venue à la suite de ce que vient de nous apprendre Bimbo. Si nous parvenons à impressionner suffisamment l'ennemi pour qu'il soit pris de panique et s'enfuie, épouvanté, ou encore se prosterne à nos pieds en nous laissant libres d'agir, la délivrance de Soku sera d'une facilité enfantine...

— Et tu en as trouvé le moyen ? demanda Mick.

— Je crois, oui... Reprenons point par point ce que vient de dire Bimbo. Pour flanquer la frousse aux Houngkos, que nous faut-il au juste ? Un animal fantastique, couvert de plumes et d'écailles. Eh bien, ce dragon épouvantail de l'Amazonie... nous l'avons sous la main !

— Tu veux parler de Dago ? dit François. Mais il n'a ni plumes ni écailles, que je sache !

— Il aura les plumes de nos amis kinkos... et les écailles de l'anaconda qui a failli le dévorer... Car je suppose que vous avez toujours la peau du serpent, Bimbo ?

— Bien sûr, répondit le Brésilien en portant la main à sa taille. Je l'utilise en ceinture, sous ma veste. Tenez ! la voici ! Elle n'est pas tout à fait sèche encore.

— Tant mieux, assura Claude. Elle ne remplira que plus facilement l'emploi auquel je la destine.

— Reste la jeune Indienne, dit Mick qui

commençait à s'animer à la perspective de la mascarade.

— La jeune Indienne, ce sera moi, annonça Claude. Je suis brune de cheveux et Maliku saura bien trouver quelque brou de noix local pour me teinter la peau. Dag et moi, nous ferons un couple sensationnel. »

Bimbo restait perplexe. Et François, lui, n'était rien moins que convaincu.

« Mûrissons ton idée, Claude, conseilla-t-il. D'ici à demain, il nous en viendra peut-être une autre, plus praticable.

— Si nous attendons demain, qui sait s'il ne sera pas trop tard ! dit Mick.

— C'est vrai, reconnut Bimbo. Il faut agir au plus tôt. Sinon, il suffirait que les Houngkos fassent une reconnaissance et nous trouvent... N'oublions pas qu'ils sont plus nombreux que nous !

— Alors, c'est entendu ! s'écria Claude. Frappons un grand coup, le plus vite possible. Bimbo, dites à Maliku de rassembler toutes les plumes de ses hommes et de me transformer en moricaude. Pour le reste, j'en fais mon affaire... »

Les instants qui suivirent furent particulièrement fiévreux. Maliku procéda à un savant mélange de sucs végétaux et, du bout des doigts, en badigeonna l'épiderme visible de Claude. Celle-ci avait déjà troqué pantalon et chemisette contre une peau de léopard empruntée à l'un des guerriers kinkos.

Une bandelette de cuir, nouée autour du front et piquée de plumes de geai bleu, compléta le déguisement.

Claude consacra alors ses soins à Dag. Un peu éberlué, le brave chien se vit emmailloté dans la peau de l'anaconda et abondamment décoré de plumes multicolores.

Il offrit bientôt un aspect tellement cocasse que les guerriers kinkos eux-mêmes ne pouvaient s'empêcher de rire.

« Et maintenant, nous voilà parés pour l'action ! s'écria Claude. En avant, mon chien ! »

Dag qui, au début, n'avait guère apprécié sa transformation, parut soudain changer d'avis. L'intelligent animal semblait comprendre ce que lui expliquait sa petite maîtresse :

« Tu vas voir, Dago ! Si tu joues bien ton

rôle, sans courir ni faire le fou, nous arriverons à délivrer Soku ! »

Au dernier moment, Mick eut une idée.

« Il faut que ton entrée au village soit annoncée de manière inquiétante, dit-il à Claude. Que penserais-tu d'attacher un quelconque appareil bruyant à la queue de Dag ? On peut très bien en confectionner un avec une calebasse contenant des graines sèches ! »

Claude accueillit favorablement la suggestion de son cousin, encore que Dag ne parût pas enchanté outre mesure de voir son appendice caudal s'orner d'un pareil instrument de musique.

*Chapitre 9*

# Annie est en danger

Enfin, tout fut prêt pour la grande parade. Le cœur d'Annie battait très fort. François et Mick eux-mêmes se sentirent un peu angoissés quand, d'un pas ferme, leur cousine, accompagnée de Dag, s'éloigna sur la piste conduisant au village houngko.

À quelque distance, derrière le groupe insolite, suivaient l'armée silencieuse des Kinkos, les trois enfants et le Brésilien.

Claude, de son côté, était plus émue qu'elle ne le laissait deviner.

Elle se rendait bien compte que le sort de

ses compagnons, de Soku et d'elle-même reposait sur sa façon de mener l'affaire. Pour peu que les Houngkos flairassent la supercherie, c'était la catastrophe assurée !

« Courage, Dag ! chuchota-t-elle à son chien en essayant de se rassurer elle-même. En nous voyant arriver, les Houngkos, frappés de terreur, n'y regarderont sans doute pas de très près. Allez, mon vieux ! Remue la queue et fais-nous un peu de musique. On arrive ! »

Le premier qui entendit les graines de la calebasse attachée à la queue du chien fut un petit Indien occupé à plumer un oiseau à l'entrée du village.

À la vue du groupe fantastique qui s'avançait vers lui, l'enfant poussa un hurlement et s'enfuit à toutes jambes. En un clin d'œil, il eut alerté toute la tribu.

Claude sentait son cœur battre à grands coups tandis qu'elle continuait à avancer d'une allure régulière et pleine de majesté. Dag, obéissant à ses instructions, se gardait d'aboyer et trottait, docile, à son côté.

Soudain, la masse des Houngkos surgit devant Claude. Tous étaient là, pétrifiés. La vue du dragon fantastique, à l'allure de serpent à plumes, conduit par une jeune Indienne n'appartenant à aucune tribu connue, les plongeait dans une sorte de transe superstitieuse. Ces pauvres gens se remémoraient la légende ancestrale selon laquelle l'apparition du monstre « couvert de plumes et d'écailles et mené par une mystérieuse petite Indienne » devait annoncer la fin de leur race.

Soudain, un vent de panique balaya ces hommes et ces femmes réunis. Une longue plainte monta de leur foule. Puis, comme un seul être, tous les Houngkos tournèrent les talons et s'enfuirent dans la forêt, pour y chercher un refuge contre l'adversité.

Claude n'avait jamais espéré un succès aussi prompt ni aussi total. Elle et Dag défilèrent majestueusement entre les cases vides, continuant à jouer la comédie pour le cas où quelque Houngko, plus méfiant ou plus courageux que les autres, serait resté en arrière. Mais tous avaient fui. La voie était libre !

Au moment où « la jeune Indienne inconnue » arriva devant la hutte qui, semblait-il, servait de prison à Soku, Maliku et ses guer-

riers accoururent. En un instant, le chef kinko eut ouvert la porte : Soku était bien là ! Fou de joie, il se jeta dans les bras de son père.

François, Mick, Annie et Bimbo, qui arrivaient à leur tour, sourirent de plaisir en assistant à leurs embrassades.

Maliku se tourna alors vers les « dieux blonds » et leurs « serviteurs » et, par le truchement du Brésilien, leur exprima sa reconnaissance. Mick et Claude furent les premiers à couper court à ces élans.

« Il ne s'agit pas de moisir ici ! fit remarquer Mick, pratique. Les Houngkos, remis de leur premier émoi, seraient bien capables de revenir !

— Je ne pense pas, dit Claude, mais il serait tout de même plus sage de filer en vitesse. Et puis il me tarde de retourner à notre radeau et de reprendre notre navigation vers Manaus.

— J'espère que Maliku ne s'y opposera pas, murmura Annie, craintive.

— Il ferait beau voir ! s'écria François. S'il vous plaît, Bimbo, demandez tout de suite au chef de nous raccompagner là-bas. »

Soku avait pris la main d'Annie et lui souriait d'un air radieux. Maliku souriait lui aussi, tout heureux, et ne fit aucune difficulté pour accepter de reconduire les naufragés de l'*Até Logo* à l'endroit précis où il les avait rencontrés.

Auparavant, toutefois, il ordonna à ses guerriers de faire une razzia dans le village ennemi et d'y rafler autant de provisions que l'on pourrait en transporter.

« Bonne idée ! dit Claude. Cela servira à ravitailler le *Dagobert* ! »

Dag, que chacun caressait et félicitait à qui mieux mieux, respira plus à l'aise quand on l'eut débarrassé de ses encombrants ornements. Claude, elle aussi, ne fut pas fâchée de récupérer sa tenue habituelle. Mais elle conservait son teint de pain d'épice... « Et jusqu'à quand ? » se demandait-elle avec un peu d'appréhension.

Moins de vingt-quatre heures plus tard, la petite troupe se retrouvait au bord de l'Amazone, prête à embarquer.

La séparation d'avec les Kinkos fut plus aisée que la première fois. Maliku et les siens étaient pressés de regagner leur territoire. Cela facilita les choses.

« Adieu ! dit Soku.

— *Riako* ! » répondit gentiment Annie dans la langue kinko.

Le *Dagobert* s'écarta de la rive... et les naufragés de l'*Até Logo* reprirent leur lente descente du fleuve aux mille traîtrises.

« Une bonne action n'est jamais perdue ! déclara Bimbo. Nous avons délivré Soku et cela nous portera bonheur, je le sens !

— Nous en sommes déjà récompensés, fit

remarquer Claude. Voyez toutes ces provisions que les Kinkos ont entassées à bord !

— Cela nous évitera d'avoir à descendre à terre, dit François. Je me sens plus en sûreté au milieu des eaux. »

Le lendemain, à l'aube, au moment du changement des équipes de pilotage, les Cinq et Bimbo prenaient leur petit déjeuner quand, soudain, un vrombissement leur parvint, venant du sud. Tous se dressèrent aussitôt. Un espoir fou faisait battre leur cœur plus vite.

« Un avion. On dirait un moteur d'avion, murmura François. Qui sait ? C'est peut-être Juan Veluz qui nous cherche ! »

Tous — même Dag — tenaient leurs regards fixés sur le ciel. Le vrombissement se rapprochait lentement... Si lentement, même, que les enfants retinrent un cri de joie. Pour pouvoir réduire ainsi sa vitesse, il fallait que l'appareil fût un hélicoptère... ou le *Tapajos,* ce merveilleux avion capable de filer comme un éclair ou de s'immobiliser à son gré.

Et, soudain, tous l'aperçurent. C'était bien

un prototype semblable à l'infortuné *Até Logo*... le fabuleux *Tapajos*.

« C'est lui ! Il est à notre recherche ! hurla Mick, fou de joie. Et je parie que c'est Juan lui-même qui le pilote ! »

Claude, si prompte à s'enflammer d'habitude, ne disait rien. Elle venait de constater que le *Tapajos*, après avoir marqué un temps d'arrêt au-dessus du fleuve, assez loin en aval par rapport au radeau, reprenait soudain de la vitesse et piquait droit sur la forêt.

« Il ne nous a pas vus ! » dit Annie, consternée.

Bimbo, amèrement déçu lui aussi, murmura cependant :

« Il reviendra, vous verrez ! »

Mais le vrombissement du moteur s'évanouissait déjà. La navigation se poursuivit, plus morne que les jours précédents...

Trois longues journées s'écoulèrent. Les naufragés, maintenant, se faisaient une raison. Le *Tapajos* avait dû renoncer à les retrouver. Mais le *Dagobert* saurait bien, en fin de compte, les mener à bon port.

« L'ennuyeux, fit remarquer Mick un

matin, c'est que les vivres ne vont pas tarder à manquer de nouveau.

— Nous allons rationner les provisions ! décida François.

— Moi, je vais me remettre à pêcher », annonça Bimbo.

Hélas ! le Brésilien fit une cruelle expérience au cours de sa tentative de pêche. Alors qu'il venait d'amorcer sa ligne et de la lancer à l'eau, il crut s'apercevoir que l'appât était mal fixé. Il tira donc la ligne à lui mais, au lieu de la sortir entièrement, plongea la main sous l'eau pour mieux assujettir le leurre.

Soudain, les enfants l'entendirent pousser un cri de douleur.

« Qu'avez-vous ? » demanda Annie, effrayée.

Mais elle aussi, à son tour, laissa échapper un cri d'effroi en voyant la main, rougie de sang, que Bimbo venait de ramener à lui. Au bout de son index, un piranha se débattait, ses féroces petites dents plantées dans le doigt qu'il ne voulait pas lâcher. Le poisson vorace finit par retomber dans l'Amazone, emportant dans sa gueule un petit lambeau de chair. Claude bondit.

« Il faut panser tout de suite votre blessure ! s'écria-t-elle. Avec cette chaleur, elle risque de s'infecter ! »

Bimbo grimaça un sourire :

« Ne vous en faites pas. J'ai ce qu'il faut. »

Il demanda que l'on s'approchât de la rive et, sans même débarquer, allongea le bras et cueillit quelques feuilles d'un arbre. Puis il les mâcha longuement et fixa sur son doigt l'étrange emplâtre.

« Mon index sera cicatrisé dans moins de deux jours, expliqua-t-il. L'ennuyeux, c'est que je serai moins habile à manier la gaffe ! »

Mais « l'incident Bimbo » n'était que le prélude à une suite d'ennuis plus graves que devaient subir les naufragés de l'Amazone. Sa blessure rendit Bimbo de fort méchante humeur. Il se désolait de sa maladresse à piloter, qui ralentissait la navigation et contrariait de ce fait les enfants.

Claude, de son côté, était tourmentée par

son impatience naturelle, que tous les retards subis mettaient à rude épreuve. Mick lui-même, depuis le passage vain du *Tapajos,* avait perdu sa belle humeur habituelle. François s'assombrissait aussi : chaque soir, il recensait les provisions restantes, comme dans l'attente d'un miracle. Mais les vivres, en dépit d'un sévère rationnement, diminuaient trop vite à son gré et la réserve d'eau baissait de façon alarmante.

« Avant longtemps, soupira-t-il un jour, nous serons obligés de descendre à terre. »

Cette perspective ne plaisait à personne.

Seul Dag restait aussi insouciant et plein d'entrain que de coutume.

« Tu as bien de la chance d'ignorer tous nos soucis, lui dit Claude en le caressant.

— Ouah ! répondit Dago en frétillant de la queue. Ouah ! Ouah ! »

Et, d'un coup de langue, il débarbouilla sa petite maîtresse, comme s'il devinait son ennui et souhaitait la réconforter.

« Regardez ! s'écria soudain Annie. Une bête... là ! Oh ! c'est un gros poisson ! Et en voici un autre. »

Bimbo regarda dans la direction indiquée.

« Ce ne sont pas des poissons mais des dauphins ! expliqua-t-il. Un couple de dauphins d'eau douce ! Il est rare de voir ces mammifères remonter si haut le cours de l'Amazone. Si seulement je parvenais à en attraper un !

— Oh, non ! protesta Claude, choquée. Il ne faut pas tuer de dauphins. Ce sont des animaux intelligents. Et tout dévoués à l'homme, paraît-il.

— S'ils étaient si dévoués que ça, plaisanta Mick, ils nous ravitailleraient en poissons.

— On pourrait le leur demander, dit François en riant.

— Gentils petits dauphins ! chantonna de manière comique Annie, soyez assez aimables pour nous apporter un plateau garni ! »

Tout le monde éclata de rire. Ce petit intermède détendit l'atmosphère et Bimbo déclara :

« La présence de ces dauphins doit nous donner bon espoir. Nous sommes peut-être moins loin que je ne l'imaginais du confluent du Rio Negro et de l'Amazone. Courage, les enfants ! »

Ce même soir, en appâtant la ligne de Bimbo à l'aide d'un petit morceau de viande séchée, François eut la chance de pêcher un gros poisson qu'il réussit, non sans mal, à hisser à bord.

« Voilà, dit-il avec entrain, qui nous dispensera d'aller à terre d'ici un bout de temps ! »

Du coup, le « moral des troupes », comme disait Mick, remonta en flèche. Et, le lendemain, chacun envisagea avec plus d'optimisme la nouvelle journée qui commençait.

Succédant à Mick et au Brésilien qui avaient piloté le *Dagobert* au cours du dernier quart nocturne, Claude et François s'emparèrent des gaffes. Depuis le temps qu'ils les maniaient, l'intérieur de leurs mains s'était durci. Les premiers temps, ils avaient souffert d'ampoules, mais des herbes, cueillies par Bimbo, avant le départ, en prévision de cette petite incommodité, en avaient eu vite raison.

« J'ai l'impression d'avoir de la corne

sous les doigts et sur mes paumes », dit Claude en riant.

Annie, toujours sensible, plaignait sa cousine de faire un travail aussi rude.

« Tu sais, Claude, dit-elle avec élan, je suis plus forte que tu ne crois. Si tu m'apprends la manœuvre, je pourrai te remplacer quelquefois.

— Merci, "petite déesse blonde", répondit Claude en riant et en imitant Maliku. Garde tes forces et tes menottes intactes. Mais si tu veux te rendre utile, passe-moi mon chapeau de feuillage. Le soleil commence à taper dur ! »

Claude avait oublié que, la veille au soir, elle avait fait tomber son *sombrero* à l'eau sans réussir à le repêcher. François le lui rappela.

« Ça ne fait rien, dit Claude. Que Mick me passe le sien ! »

Mais Mick et Bimbo, préférant le grand air à la chaleur de la petite cabine, avaient choisi de s'étendre sur le « pont » pour y dormir après leur longue veille. Ils avaient placé leur chapeau de feuillage sur leur figure et ronflaient déjà.

« Tiens ! dit Annie en tendant son propre chapeau à sa cousine. Prends le mien. »

Claude s'en coiffa sans façon et se concentra sur la manœuvre. François, voyant sa petite sœur la tête nue, conseilla :

« Va te mettre à l'ombre dans la cabine. Il serait dangereux de rester ainsi exposée au soleil. »

Annie obéit avec docilité. Elle s'assit dans le petit abri mais ne tarda pas à s'ennuyer. D'où elle était, elle ne voyait pour ainsi dire rien du paysage et ne savait comment tromper son ennui. Des pensées tristes l'assaillirent...

Atteindrait-on un jour Manaus ? Quels périls menaçaient encore les naufragés ? Juan Veluz avait-il réussi à échapper à « l'enfer vert ? » Et elle-même, Annie, reverrait-elle jamais l'oncle Henri et la tante Cécile ?

Des larmes de découragement perlèrent au bout des cils de la petite fille. Ce fut à ce moment que Dag, comme s'il devinait la nécessité de la distraire, vint la retrouver, un bout de bois à la gueule.

Sa queue remuait avec frénésie. Il regarda

Annie d'un air encourageant, comme pour lui dire : « Alors ! On joue ? »

Annie essuya ses larmes d'un revers de main et sortit de la cabine pour répondre à l'invite muette du chien.

Prenant son morceau de bois : « Allez ! Attrape ! » dit-elle, et elle le lui lança.

Bientôt, dans l'ardeur du jeu, elle oublia ses soucis... Le soleil, cependant, continuait à monter dans le ciel. Ses rayons implacables tombaient dru sur le radeau. Les eaux du fleuve réfléchissaient la terrible lumière. L'air brûlait comme un brasier.

Au bout d'un moment, Annie passa la main sur son front moite de sueur.

« Assez, Dag ! Je n'en peux plus ! » murmura-t-elle.

Dag lui-même haletait. Il s'étala sur le « pont », non loin de Mick et de Bimbo endormis. Annie se laissa tomber à côté du chien, sans même avoir le courage de regagner la cabine.

Claude et François, qui lui tournaient le dos, étaient eux aussi en nage. Malgré tout, ils continuaient vaillamment à manier leurs perches. Quand leur quart fut terminé, ils poussèrent un *ouf* ! de soulagement. Il était midi. C'était au tour de Bimbo et de Mick de les remplacer... et aussi l'heure du déjeuner.

« Annie ! appela Claude. As-tu préparé le repas ? »

Annie s'était en effet instituée la cuisinière de l'équipage. Elle s'acquittait fort bien de ses fonctions. Mais, ce matin-là, une torpeur l'accablait et elle avait oublié, semblait-il, ses devoirs. La voix de sa cousine l'arracha à sa somnolence. Elle tenta de se relever mais n'y réussit pas. Déjà, Claude et François se penchaient sur elle.

« Qu'as-tu ? Es-tu malade ? demanda Claude.

— Je... je ne me sens pas bien, avoua Annie. Ma tête brûle.

— Mon Dieu ! Elle est toute rouge ! constata François. Et la peau de son visage est très sèche. Bimbo ! Bimbo ! »

*Chapitre 10*

# Décollage immédiat !

Réveillés, le Brésilien et Mick accoururent à leur tour.

« Gare au radeau ! ordonna Bimbo à Mick. Prenez une gaffe et maintenez-le dans la bonne direction. »

Puis, posant sa main sur le front d'Annie gémissante :

« Elle souffre d'une insolation, dit-il. Vite ! Transportons-la à l'ombre ! »

Annie délirait déjà. Affolés, son frère et sa cousine lui firent boire un peu d'eau et rafraîchirent ses tempes brûlantes.

« Tout cela ne sert pas à grand-chose, déclara le Brésilien soucieux. Ce qu'il lui faut, c'est mâcher des herbes que je connais... et aussi des emplâtres de feuilles fraîches ! »

Cette fois, il n'y avait pas à hésiter. Annie était en danger. Il fallait accoster et trouver, dans la forêt, les plantes capables de lutter contre le mal en réhydratant la pauvre petite.

Moins de cinq minutes plus tard, Bimbo attachait le radeau à un arbre de la rive.

« Claude et François resteront à bord pour veiller sur Annie et garder le "bateau", décida le Brésilien. J'emmène Mick avec moi ! »

Il n'y avait pas à discuter. Les enfants s'inclinèrent.

Pleins d'angoisse, François et Claude virent disparaître leurs deux compagnons. Et l'attente commença, cruelle. L'état d'Annie empirait d'instant en instant. Elle délirait tout haut. Les deux garde-malades s'évertuaient à l'éventer pour la rafraîchir un peu... Enfin, Dag donna de la voix.

« Voilà Mick et Bimbo qui reviennent ! » s'écria Claude en sautant sur ses pieds.

Mais le Brésilien était seul. Sans répondre aux questions qu'on lui posait, il se hâta de composer, avec les herbes qu'il rapportait, un breuvage qu'on fit boire à Annie. Puis il posa une compresse végétale sur le front de la malade. Presque aussitôt, Annie se calma et s'assoupit.

« Parfait ! dit alors Bimbo. Si elle se réveille, faites-la boire de nouveau et renouvelez la compresse. Moi, je repars à la recherche de Mick.

— Quoi ! hurlèrent ensemble les deux cousins. Mick a donc disparu ?

— Hélas, oui ! répondit sombrement Bimbo. L'imprudent s'est éloigné de moi en dépit de mon interdiction. Je l'ai appelé. Il n'a pas répondu. À présent que j'ai paré au plus pressé et qu'Annie semble hors de danger, je retourne le chercher.

— Je vais avec vous, décida François.

— Non. J'irai plus vite seul. Attendez-moi et ayez confiance ! »

Atterrés, les deux cousins le virent s'enfoncer une fois de plus au sein de l'exubérante végétation qui couvrait le rivage.

« Il ne manquait plus que ça ! s'exclama Claude. Si jamais Mick ne revient pas...

— Allons ! Cesse d'imaginer le pire. Bimbo va le retrouver, c'est certain. »

Et l'attente reprit, plus cruelle encore que précédemment.

Déjà, le soleil déclinait. Avec effroi, Claude songeait que le crépuscule serait bientôt là, presque aussitôt suivi de la tombée brutale de la nuit. Et alors, si Bimbo n'était pas revenu...

Soudain, une voix tremblante de lassitude, mais qui se voulait joyeuse, héla les passagers du *Dagobert* :

« Ohé ! Vous autres ! Alors... comment va Annie ? »

C'était Mick. Mais dans quel état ! Ses vêtements étaient en loques et sa peau zébrée de multiples égratignures. Il se hissa péniblement à bord, aidé de son frère et de sa cousine. Contre lui, il pressait de larges feuilles vert pâle :

« J'ai trouvé ce que cherchait Bimbo... pour Annie ! »

Et il s'évanouit. Claude et François se

hâtèrent de lui porter secours. Quand il revint à lui, il se força à sourire.

« Ça va, ça va ! Et Annie ? répéta-t-il.

— Annie va bien mieux. Bimbo l'a soignée, expliqua son frère. Et il est reparti à ta recherche. Tu nous as donné de fortes émotions, espèce d'idiot ! Et maintenant... Bimbo...

— Il faut le rappeler tout de suite, décida Claude. Sinon, il risque de rester dans la forêt jusqu'à perpète... Et la nuit n'est pas loin. Allez, Dag ! Aboie, mon chien ! »

De leur côté, mettant leurs mains en porte-voix, les deux cousins crièrent de toutes leurs forces :

« Bim... bo ! Bim... bo ! »

Dag leur faisait écho, de tout son cœur.

« Ouah ! Ouah !... Ouah ! Ouah ! Ouah ! »

Annie dormait toujours, d'un sommeil paisible et réparateur.

Mick, chancelant, se redressa pour souffler dans son sifflet à roulette.

Enfin, Bimbo reparut. Il avait l'air las. Après avoir grimpé à bord, il resta devant Mick à le regarder, sans prononcer un mot. Le garçon, confus, baissa la tête.

« Pardon ! murmura-t-il. J'ai eu tort. Je vous ai quitté. Je me suis perdu... et j'ai été puni, je vous assure. En cherchant les feuilles, j'ai senti un serpent tomber d'un arbre sur mes épaules. Je n'ai jamais eu aussi peur de ma vie. Par bonheur, il a été aussi effrayé que moi et il a filé... Pardon !

— Une autre fois, vous m'écouterez ! » dit simplement Bimbo.

Et Mick, avec humilité, en fit la promesse.

Après cette journée éprouvante, il fut décidé, d'un commun accord, que l'on resterait amarré pour la nuit, avec une seule sentinelle de faction, relayable toutes les deux heures. Ainsi, chacun pourrait se reposer. Au matin, on ferait provision des baies désaltérantes, puis l'on se remettrait en route.

La journée du lendemain débuta sous les meilleurs auspices. Annie allait déjà beaucoup mieux et tous se sentaient plus dispos. La jeune malade remercia Bimbo et Mick, et n'eut pas le cœur de gronder celui-ci de son équipée. N'avait-il pas risqué le pire pour lui venir en aide ?

Le *Dagobert* poursuivit sa navigation sur le paresseux Amazone. Déjà, à certains signes, le Brésilien se rendait compte que l'on approchait de la zone civilisée.

« Avant longtemps, dit-il d'un ton encourageant, je pense que nous rencontrerons pour le moins des embarcations indigènes. Regardez ces écorces de fruits qui dérivent entre deux eaux ! »

Bimbo n'était cependant pas sans inquiétude. Il se demandait si le radeau pourrait flotter encore longtemps. En effet, le bois dont il était fait s'était peu à peu imbibé d'eau. Le *Dagobert* s'alourdissait chaque jour davantage et s'enfonçait de plus en plus dans l'eau. À présent, il était presque au ras de la surface. Les enfants firent eux aussi cette angoissante constatation.

Allait-on être obligé de s'arrêter en route après s'être si victorieusement débrouillé jusqu'alors ?

« Continuons à naviguer jusqu'à la limite de la catastrophe ! s'écria Claude, toujours intrépide. Il sera temps alors d'aviser ! »

Hélas ! La nuit suivante compta parmi les plus terribles de toutes celles vécues par les naufragés. Et elle les vit bien près de leur perte. Mais il ne s'agissait pas d'un simple naufrage.

Vers deux heures du matin, alors que Claude et François se trouvaient de quart, il leur parut soudain que le *Dagobert* donnait de la bande. Pire même ! Il s'enfonçait sous l'eau du côté même où ils manœuvraient.

Les deux cousins n'eurent que le temps de se rejeter en arrière. Les pieds dans l'eau, ils virent alors ce qui se passait et, frappés d'horreur, poussèrent un cri d'alarme :

« Les crocodiles ! Nous sommes attaqués par des crocodiles ! »

C'était exact. Les hideuses bêtes, qui ne montent guère que la nuit des profondeurs du fleuve, avaient sans doute flairé une proie de choix et, trouvant le radeau presque au niveau de l'eau, s'y étaient agrippées et se hissaient dessus.

Aux cris des deux cousins, Bimbo et Mick accoururent, armés de branches en guise de gourdins. Déjà, François et Claude frappaient à toute volée, avec leurs gaffes, les museaux avides qui s'ouvraient dans leur direction. Les crocodiles vagissaient de manière féroce.

Bimbo jurait en portugais. Les trois cousins s'encourageaient les uns les autres :

« Hardi ! On en viendra à bout !

— À toi ce gros-là !

— Vas-y ! Courage ! »

Par malheur, sous le poids des monstres, le radeau s'enfonçait de plus en plus. Bimbo, désespéré, comprit que la lutte était inégale. Dans un instant, les passagers du *Dagobert* tomberaient à l'eau et deviendraient une proie facile.

C'est alors qu'une intervention inattendue se produisit... Au milieu de l'affreuse bataille, on vit surgir, toute blonde sous les rayons lunaires, une petite silhouette blanche qui tenait quelque chose à la main. La voix douce d'Annie s'éleva, un peu tremblante :

« Voilà pour leur apprendre à vivre ! »

Sa main agita l'objet qu'elle tenait en direction des crocodiles. Claude reconnut la calebasse, percée de trous, que Bimbo avait transformée en gigantesque poivrière. Car le poivre, au Brésil, est une denrée indispensable dont on assaisonne avec générosité tous les plats et dont les indigènes, en particulier, ne sauraient se passer. Aussi avait-on joint une copieuse quantité de poivre moulu à l'approvisionnement du *Dagobert*.

À peine la poudre grise eut-elle atteint les naseaux et les gueules béantes des crocodiles, que les affreuses bêtes, incommodées, se mirent à éternuer avec un bruit effroyable. En d'autres temps, la scène eût été risible. Les passagers du radeau, eux aussi, ne purent s'empêcher de respirer un peu de cette poudre agressive. Mais la joie de voir fuir l'ennemi, déconcerté par cette arme imprévue, compensait de beaucoup ce menu inconvénient.

« Atchoum !... Atchoum !... Annie... Bravo ! c'est... atchoum !... merveilleux !

— Tu ferais un... atchoum !... remarquable chef d'armée.

— Quel cou... atchoum !... cou... cou... courage ! Toute souffrante que tu es... atchoum !... quel éclair de génie ! »

Mais Annie n'écoutait pas ces compliments. Si elle était brave, elle n'en avait pas moins peur.

« La provision de poivre est épuisée, et ces monstres vont sûrement revenir à l'assaut ! s'écria-t-elle.

— *Per Dio* ! Les voilà déjà ! » hurla Bimbo.

Cette fois, il semblait bien que la lutte inégale ne puisse durer longtemps.

« Un miracle. Il faudrait un miracle », pensa Claude en levant sa gaffe pour assommer un des reptiles.

Mick, qui frappait à coups redoublés un museau menaçant, crut soudain ressentir d'étranges bourdonnements d'oreille.

« Je deviens fou ! » se dit-il.

Au même instant, il entendit Bimbo et François s'écrier d'une seule voix :

« Des lumières ! Un avion ! C'est un avion !

— Il vient par ici, annonçait Annie de son côté.

— Le *Tapajos,* soupira Claude. Voilà mon miracle qui se réalise. »

Elle ne se trompait pas. C'était bien le fabuleux prototype qui, vrombissant, arrivait vers eux à vive allure. Il s'immobilisa juste au-dessus du radeau. Deux projecteurs balayèrent le champ de bataille de leurs puissants rayons.

Éblouis, autant qu'épouvantés par le bruit,

les crocodiles ne songèrent plus qu'à fuir. On entendit le choc de leurs corps pesants retombant à l'eau. L'infortuné *Dagobert,* débarrassé de leur poids, se remit à flotter tant bien que mal.

L'appareil descendit un peu plus. Une échelle de corde se déroula jusqu'au pont du radeau.

« Vite ! ordonna Bimbo. Grimpe, ma petite Annie ! Te sens-tu assez forte, au moins ?

— Oui », répondit-elle vaillamment.

Et elle grimpa, en effet. En la voyant disparaître à bord du *Tapajos,* François poussa un soupir de soulagement.

« À toi, Claude.

— Non. Que Mick passe avant moi. Il faut que je prenne le temps d'arrimer Dag sur mon dos. »

Mick se hissa à son tour, suivi par sa cousine et Dag, puis par François et enfin par Bimbo. Il était temps ! Le *Dagobert* achevait de disparaître sous l'eau. Certes, il ne coulerait pas au fond, mais que seraient devenus ses passagers s'ils avaient dû rester sur la plate-forme submergée, à la merci des crocodiles et des piranhas ?

Les rescapés eurent pour le radeau un dernier regard, puis se tournèrent vers ceux qui venaient de les sauver de justesse. Il y avait là... M. Dorsel en personne, un radio et... Juan Veluz qui pilotait lui-même l'avion.

Claude se jeta dans les bras de son père :

« Oh ! Papa ! Papa ! Quelle aventure ! »

François, Mick et Annie embrassèrent à leur tour leur oncle. Puis ce fut à qui remercierait et féliciterait Juan Veluz.

« Je savais bien que vous étiez vivant et que vous viendriez à notre secours ! s'écria Mick avec élan.

— Nous nous raconterons mutuellement nos aventures ! dit le pilote en riant pour mieux cacher son émotion. Le plus pressé, maintenant, est de rallier Manaus.

— C'est votre tante Cécile qui va être heureuse de vous retrouver ! dit M. Dorsel à ses neveux.

— Et nous donc ! » s'écrièrent ceux-ci en chœur.

Les yeux de Claude se mirent à pétiller de malice.

« Le summum de notre aventure, c'est

maintenant que nous le vivons ! déclara-t-elle à ses cousins.

— Comment cela ? demanda François, intrigué.

— Eh bien... ne sommes-nous pas en train de voler à bord d'un prototype ultra-secret d'avion, que seuls de rares initiés sont autorisés à voir de près ?

— C'est vrai, reconnut M. Dorsel. Et vous pourrez remercier le directeur de la compagnie qui nous a prêté le *Tapajos*.

— Nous avons beaucoup de gens à remercier ! » déclara Claude, redevenue sérieuse.

Elle sentait l'émotion la gagner. Allait-elle craquer ? Mick lui vint en aide en ajoutant, avec un clin d'œil :

« Oui... beaucoup de gens à remercier... y compris l'inventeur du poivre moulu très fin. Pas vrai, Annie ? »

Et l'émotion disparut sous les rires.

Table

# Dans la même collection...

Mademoiselle Wiz,
une sorcière particulière.

Mini, une petite fille
pleine de vie !

Fantômette,
l'intrépide
justicière.

Avec le Club des Cinq,
l'aventure est toujours
au rendez-vous.

Kiatovski,
le détective en baskets
qui résout
toutes les enquêtes.

Dagobert,
le petit roi
qui fait tout à l'envers.

Rosy et Georges-Albert,
le duo de choc
de l'Hôtel Bordemer.

Avec Zoé,
le cauchemar devient
parfois réalité.

Composition ***Jouve*** — 53100 Mayenne

Imprimé en France par ***Partenaires-Livres***®
n° dépôt légal : 31918 - février 2003
20.20.0774.02/8 - ISBN 2 - 01 - 200774 - 0

*Loi n° 49-956 du 16 juillet 1949*
*sur les publications destinées à la jeunesse*